U0143971

我愛過的八〇年代

◉林文義／著

聯合文叢 760

目次

【推薦序】

八〇年代的美麗與哀愁

陳銘磻

清夜兀坐床榻，閱讀林文義回顧八〇年代，幾篇抒情的寫實之作，讀到：「沉鬱而憂愁，最灰黯的八〇年代中期，我不渝寫作，以為胃出血死去亦可……只告訴任性、率直、不馴的自己，文學還在不可餒志！」再讀：「請告訴我，八〇年代，美麗與哀愁交織祈求黎明的希望。如果依循從前的鄉愁、輸誠、討巧……那不如讓我隱遁吧！堅信：作家就是自己的政府。」驚覺字裡行間的沉痛：「沉默。意味八〇年代中期，我一無所有。」竟有大惑不解之慨。

以文字彰顯緬懷的八〇年代，是美麗？醜陋？還是不捨時光消逝引起的畏懼？他在〈離字的從前〉寫道：「四十年後，夢與醒之間的距離竟然如此接近?夜深人靜，藉小酒不為懷舊，實是深切祈盼得以全然遺忘。四十年前，青春正好的自己究竟何所思?晚秋近冬的四十年後，幾近半生的去日無多，怎會一再倦眼回眸?已然遠矣的前世紀八〇年代，我眷愛過，無憾不悔的美麗。」

熟識的彼時，正是台灣經濟起飛，對外貿易和建築業領銜「台灣錢淹腳目」，勢甚洶湧的開啟蓬勃萌發期，以及席捲藝文、學術成大局的文化先鋒者：以人間副刊與聯合副刊掛帥為首的報業，引領文學閱讀風騷，文學寫手、藝術大師一時雲湧崛起，出版、雜誌業更是別出機杼的暢行發展，再則，新浪潮電影無獨有偶為戲劇推陳出新，形成文化征途無可比擬的豐饒年代!而他，不就是那個勇於揮別鏡花水月，設或自成一格，如粉蝶翩翩飛起，活躍在紛紜文壇的散文好手!

細探他描繪八〇年代離亂的愛怨心情，都像是對久違年月的省思載記，又像是內心時刻懸揣著極其難解的不安。

他口中「一無所有」的不安期，巧是經常出現在文教區「城南」的時代，為洪建全基金會編製大部頭叢書，協助蘭亭出版社邀稿成集，與鄉土小說家黃武忠合作文學家雜誌、散文季刊，同時寫作、為雜誌繪製連環漫畫，生活淡然自守，直至八〇年代末期主編自立晚報副刊，生命歷練再次承受考驗，使他的文學創作得以跨越傳統鴻溝，為個人的散文風貌再造新意象。

他為讀者簽名，或是握筆三兩下繪出趣味漫畫，明亮眼神像極無憂無慮的小孩，可那落筆的線條總是帶著一絲哀傷，誰能感受到那樣深切的知覺？寫作時，他是否會流露出與熱愛文學同樣歡愉的神情？實則，把自己圍困在單一而孤寂的名著閱讀、刻劃人間，仰首世界，經歷過的八〇年代，無不讓他從懷舊中領受辛勞寫作的無邊風月。要說，若無能耐承受起文字焠鍊的煎熬，他大概難以體悟文學寫作的雅興。

閱歷台灣經濟、政治與文化翻騰變異的年代，經歷文學、閱讀與出版深厚且沉重的興衰期，林文義矜持以眷戀的八〇年代的懷舊風情，深刻描繪人、事和回憶，見證以閱讀伴隨成長，復以文學著墨社會變遷的景況；隨後再以反觀現世之姿，宛如認同的嘲弄只重功利、崇尚時髦，全然無視文學、閱讀存在之必要的書寫，或是無奈社會變遷、斯文敗壞的疾風暴雨正呼呼迫近，使他的心思倍覺焦慮難安。

一生追求完美，無時無刻緊抱文學，獨獨存活於寫作之境，他即是戰後新生代寫作者，憑藉博覽閱讀，感知文學魅惑魔力，承其影響，成就為台灣當代出色的散文作家。

現實不若漫畫或小說，可以充滿想像與期待，青春期和不少文學創作者，歷經繁瑣吵嘈的八〇年代，林文義深切貼近詭譎多變的社會景致，這不是願不願意記憶的問題，而是，即使刻意遺忘，生命仍需隨生存軌跡走下去；可以想見，縱令不喜歡濕漉漉的雨季，一樣可以享有擁抱文學的獨特幸福；善意回顧那個可變性、包容性極大的八〇年代，雖然有過滿腹愁緒，卻無法對熱愛的文學寫作反悔、絕望；因此，近三年來，陸續寫下：「那是八〇年代初，我的美麗與哀愁。」的〈離字的從前〉、〈玫瑰不折枝〉，〈最美麗的沉默〉、〈戀文學〉……、直到「國境以北的溫哥華，老師，我來看您。」的〈詩人，遠在北西北〉等放懷篇章。

自「脫北」遷徙桃園伊始，林文義總是獨坐在孤寂的「完全寫作」的移易時空，一篇接續一篇，以詩文回首八○年代，他說：「家人不解我何以隱閉書房，日以繼夜獨守一盞燈，捫心問己：是否太自私了？」便以詩句自我解悶：「如同白日深藏岩穴的蝙蝠／夜行動物是貼切形容／拂曉前瞳眸仍閃亮／所有星子都睡了，唯我獨醒。」

從喧譁熱鬧的台北大直移居南崁，他習慣在渲染美麗街景的陽臺，杯飲香醇咖啡、吸紙菸、看書；日夜彷若日常，習以為常地放膽書寫八○年代的文學與文學人事蹟，他記述和執著於文學創作的隱地、王定國的友情，敘述和詩人白靈在霧茫露寒的季節，遠赴加拿大溫哥華探望病中的瘂弦老師的〈詩人，遠在北西北〉，構成一幅真情流露、深重感懷的離別場景：「我們真的再次通了電話，溫哥華機場，我要搭乘子夜二時晚班客機回台，手機附耳，老師語音平靜的和我說了十五分鐘，盡是勉勵，如同八○年代時以書信期許我，堅執創作。

起飛了，老師再見。詩人，遠在北西北。」

讀後坦言，他的回顧盡是寫給讀者面對現實的勇氣，有了勇氣便足以擁有純粹的自我，從而領受美好。就像有人從未仔細看天，但天空的色彩早就存在那裡，遂而感受他說的：「無憾不悔的美麗」。縱令當前文學出版衰頽，他依舊從容無礙的在寫作天際思索、創作。終有一天，相信絕對會有這樣一天，熱鬧、奔馳、可有作為的出版業，會在另一個世代、另一群人身上再生殊榮。

彼時彼日，同樣並行共振走過蕭瑟與華麗，變動多端的八〇年代；同是沉浮天涯一角，服膺文學的寫作人，林文義對文學的繫念，如我所見，一式一樣，毫無二致，那是四、五年級生難以抹滅，包含文化與藝術無比躍動的年代，一個不捨忘懷，有人文、進化、競逐、更有感傷，難得圓融與分歧交織的生動世代。

閱讀《我愛過的八〇年代》十數篇章，無關世紀風華，不論是非好壞，始知這個一輩子愛戀文學、信仰寫作，對藝文創作信守不渝的男子，憑仗溫暖的真性情，藉由文字或漫畫，為台灣留下當代文學、出版、作家，甚至藝術，使人喟嘆不已的榮枯光景。

【推薦序】

曾經滄海

林俊頴

三島由紀夫的散／雜文集，中文迻譯作《我青春漫遊的時代》，自述自傳交纏，書中第二篇則譯為〈我青春遍歷的時代〉，漫遊與遍歷，虛實並陳，可是同一件事或者一體兩面嗎？一九七〇年底，三島切腹自殺。

一九七〇年代中，我就讀台中二中，有一長段時期，每天午飯時間，虎背熊腰的大顆L總是拿著一小盒便當來與我面對面同桌進食，聊著最近買了什麼書，看了什麼精彩文章，若當日《聯合報副刊》或《台灣新生報副刊》出現了林文義，大顆L必然興悅提起，唯恐我遺漏。因而與大顆L失聯許多年後的今日，我仍然存留著《歌是仲夏的翅膀》（民國六十三年十一月初版，光啟出版社），作者自繪的封面左下方一隻童趣筆觸的白鴿，作為我與大顆L微不足道的青春期的見證嗎？

悔其少作是必然的，希望文義大哥諒解我的白目，挖出他浪漫耽美得化不開的少作，否則如何能再引用三島：「一切文體從形容詞的部分開始老舊，形容詞像肉體，像青春。」一瞬間，同時也是再回首，我們來到了《我愛過的八〇年代》，我們遍歷過的八〇年代。

但是根本問題來了，往事如煙、輕於鴻毛既是當下主流，我輩同代人為什麼還要討人厭地頻頻回看三四十光年外的八〇年代？

我始終認為楊渡的「強控制解體」是最精確的解析，及至時勢成了，強人的高壓、威權統治的鐵箍裂解，屬於這海島人民的生命力與社會力，「萬山不許一溪奔，攔得溪聲日夜喧，到得前頭山腳盡，堂堂溪水出前村」，從此自由無罪，奔放有理，抗爭是天命，翻轉體制、騰籠換鳥是行動綱領，海島的命運應該屬於島上全體人民……。

三四十光年後的今日看來，從覺醒到實踐的長路上，是可以盤點清算了，一路走來，誰是善心誠實以身相許？誰是打假球的？誰是先驅烈士抑或變節者？誰是牆頭草、弄潮兒或割稻尾者？鴻鵠焉知燕雀之志？當時間愈來愈是加速度前進，我輩同代人各自心裡清楚。

是以閱讀此書見到每一個名字，我彷彿看著破曉前後的天星。逐一延伸、進而勾串的記憶，或者故事與意義，一樣，各自認領，各自承擔。我與絕大多數人必然相同處境，這些列入歷史殿堂的名字，都是經由平面與電波媒體而知道，偶或遇見也是隔著距離，然而物理的距離與同代人的心靈脈動應該是兩回事，回望的鏡頭拉遠再拉遠，人影成了剪影，我們的心眼無比清晰，知道他們的事功與心志，「耿耿星河欲曙天」。

回望不是為了懷舊，而是唯恐遺忘。

坦白從寬，我庫存記得的八〇年代的全是那邊緣、旁觀的細瑣，譬如報禁解除，我得以幸運地考入彼時的兩大報系編輯台當個螺絲釘（有如大學聯考的筆試考場，中英文申論題各是：試論台獨之不可行；解析政治人物為何愛回答 no comments。）五二〇農運當晚，室內停機坪般的編輯部一股亢奮氣壓，兩個大記者疾跑進來直奔總編面前，腰際皮帶繫掛的鑰匙與BBCall磕碰作響，「打起來了！」某晚，那位長髮雜亂的影評人蝦腰走過，我斜對面的老鳥同事瞪著他緊繃的條紋長褲，輕蔑啐罵：「同性戀。」

每天傍晚在下班放學的尖峰時刻前搭公車到老松國小，走過康定路著亮片旗袍企壁的性工作者，再踅進廟前有民主牆的龍山寺，看盆栽裡的植物綴滿善男信女的香花，看志工刮著燭台底的蠟油，我鬱悶且茫然出廟，在日後成為遊民公園的路邊小攤買了一盒小叮噹卡通的配樂卡帶，只覺這城市一角地陷東南，煙爨油汙累積得那麼久長，特有一股嗆鼻的藏汙納垢的人間味，我想到父母親、外祖父母與舅舅一家以及諸多親戚曾經為了一償台北夢而前仆後繼北漂，很短暫時間終究黯然失敗的舊事；路口等綠燈，更想到很久以前在大路邊烏壓壓一群人等公車去大同水上樂園，那些人那些事而今安在哉？

所謂時代，是上一代也是以前的我們折戟沉沙，之後得繼續磨洗認清的功課吧。

是以我誠心希望此書不是同代人的取暖，也希望莫要誤讀是作者的懺情書。或者我得放輕鬆寫兩段閒筆，才符合當代現此時的風格：其一，請您尋出家中灰塵覆蓋的老音響，放起江蕙的CD「我愛過」，聽我說一點上世紀八〇年代的故事……；其二，閱讀林文義始終如一的柔情謙遜之筆，如此寤寐思之，纏綿悱惻，我難免要用俗腔戲謔，不會是雙魚男吧？以星座歸檔性格，恐怕也是我輩自八〇年代以來難以戒斷的壞習慣。

挪借李白詩句，八零綺麗不足珍，這當然是反話，我真心要說的是，《我愛過的八〇年代》承襲也印證了漢娜・鄂蘭這一段跳動著黃金之心的文字：「我這一生中從來沒有愛過任何一個民族，任何一個集體——不愛德意志，不愛法蘭西，不愛美利堅，不愛工人階級，不愛這一切。我『只』愛我的朋友，我所知道、所信仰的唯一一種愛，就是愛人。」

我愛過的
八〇年代

離字的從前

四十年後，夢與醒之間的距離竟然如此接近？夜深人靜，藉小酒不為懷舊，實是深切祈盼得以全然遺忘。四十年前，青春正好的自己究竟何所思？晚秋近冬的四十年後，幾近半生的去日無多怎會一再倦眼回眸？已然遠矣的前世紀八〇年代，我眷愛過，無憾不悔的美麗。

台北西門町萬國戲院左側：幼獅書店。三樓編輯部，據說求學年代，唯一不逃課的懶散之我，一定悅於用心聽課的王慶麟老師去了美國威斯康辛大學進修，替代總編輯職位的是：王鼎鈞先生。我定期去交每月一帖稿件，不是文學，而是漫畫。猶若面臨美學聖堂，西門町終日歡笑喧譁的人群齊聚四圍電影院，母親在武昌街長年開設的咖啡冰果店，距我竟是千里之遙；抵達幼獅書店，深切喘口氣上三樓，王老師不在，卻時而不油然浮現筆名：瘂弦的絕美詩句，十八歲初讀晨鐘版：《深淵》——

哈里路亞！我們活著。

走路、咳嗽、辯論，

厚著臉皮佔地球的一部份。

沒有甚麼現在正在死去，

今天的雲抄襲昨天的雲。

厚著臉皮佔地球的一部份……？這是老師提示我存活但不失格的智慧語吧？首次失業，義無反顧地遞上辭職書，原本是穩健安定的文字場域，卻因理念不同，外明內暗的虛矯，斷然告別，愚蠢地未尋出路，一無所有如此決絕！

考不上美術科系，分發到大眾傳播，這是我的憂鬱；依循少年日記習性，十八歲文學初啟，那是日本作家：芥川、川端、三島譯於志文出版社新潮文庫的啟蒙，換畫為文有何不可？

很現實的，必得有生活收入。新創刊的：《幼獅少年》，竟然信實的誠邀，不是文學，是連環漫畫。他們知悉我這方獲第二屆時報散文獎，也是小說、漫畫名家李費蒙先生最後一個徒弟的因由，毫不疑惑的接納漫畫連載之肯定；四十年後不忘彼時編輯群的可感名字——周浩正、詹宏志、孫小英、羅麗娜、何傳馨……。因為逐月送畫稿去「幼獅文化」，得以有幸結識：黃武忠、沈謙、黃力智。今時憶昔，這三位知心老友先後辭世，思之不免哀傷。

漫畫討生活，現實殘酷，理想堅執；幼獅群友予我護持的由衷溫暖，至今念念不忘。每月八頁，日以繼夜，粗筆按米達尺描畫框，細筆直覺，文字和線條都是我飛翔如鷹的自信自在自得自由的歲月靜好，亦是留給幼穉兒女的紀念吧？祈盼成年後的他（她）倆，或許願意回溯，那自始天真、幼稚的父親是如此愚癡。

夜深人未靜。中國成語如何以畫幽默呈現，國中生課餘生活思索什麼？終於終於，必須編繪明代吳承恩原著：《西遊記》。如夢之夢……子夜到黎明，從千年前的中國長安出發去印度佛陀祇園，策馬行路有多遙遠？孫悟空、豬八戒、沙悟淨、龍駒……專志於理想，疏離了現實；家人不解我何以隱閉書房，日以繼夜獨守一盞燈，捫心問己：是否太自私了？

如同白日深藏岩穴的蝙蝠
夜行動物是貼切形容
拂曉前瞳眸仍閃亮
所有星子都睡了，唯我獨醒

不打鉛筆草圖，鋼珠筆直覺描繪；猴子、豬顏、魚族三位虛構的相異人性——傲然、懶散、謙和。只有唐代前去古天竺，今印度的玄奘法師最真實，跋涉千里沙漠、雪嶺、深河的苦行人，最孤寂最幽深的無助之時，玄奘法師想到什麼？童年清淨的心是否猶若晨露之晶瑩？我虔誠作畫，漫畫卻不輕慢，倦時歇筆念《心經》十次，《金剛經》是畫帖背景的堅定——如露亦如電，如夢幻泡影。

日以繼夜。請教小說、漫畫兼美的費蒙師，經典文學轉換漫畫，怎般合宜？老師笑說——風格之形成，就是直覺下筆，相信自我，感覺累了，不勉強就歇筆，抽根菸喝杯酒，這人生虛假多，真情少，你啊，要做個誠實的人。

四十年後，回憶費蒙師此一諍言，大智慧的昔時提示，我寫到這裡，敬謹放筆，緩步至九重葛怒放的陽臺，抽一根菸，是燃香般地遙念故師，再回書房坐下，想起典範群賢的從前。追隨青春文學初啟的：胡品清、沈臨彬、楊牧，及其三十年前初識的：郭松棻。

八〇年代？拜讀日本六〇年學運抗爭，東京大學畢業，作為報紙記者的川本三郎在六十歲過後，不禁感慨言說：那是自己所深愛過的那個時代……。小他十歲之我，事實比他還懦弱，美麗島事件讓我覺醒，高雄一九七九年十二月十日世界人權日和平遊行，竟被定罪是：叛亂？群眾手持火把，引喻是祈盼黑夜照亮期待黎明降臨戒嚴中的台灣……那時文學讀者仍未拜讀馬奎斯名著：《百年孤寂》，在遙遠的中南美洲，真要實質革命，不是火把，而是輕機槍！

中國古典小說改編漫畫，先是《西遊記》，後是《三國演義》再讀《封神傳》、《七俠五義》，只有沒機會手繪：《紅樓夢》，臆想如若今時再畫事，柔媚自如詩，已知拙筆不再，早諳不是擅繪者，所以大可不必老來獻醜。

摯友問：怎麼漫畫如版畫？那是相識在八〇年代初的中時人間美術編輯何華仁，輕聲言起，我答：考不上美術科系，借畫難以忘懷。往後歲月，歡酒如兄弟自在親炙——文學之外，再作畫如何？別輕忽漫畫，也是另類藝術。

另類藝術？八〇年代初，只是卑微討生活而已，像四十年後滿街機車穿梭、不懼安危的衝撞，好作家陳柔縉閒騎單車，竟然就被口腹之慾的外送員奪命傷逝？那時代，緩步像郵差，搭公車偶計程，帆布書包是交給報社連載歷史古典小說改編的黑白線條漫畫，我要生活。

率性和放任，是否就是一生不合時宜，格格不入的另類思索？主觀且自以為是的疏離文學，潛注漫畫，好聽是靜思尋求未來文字是否有突破的可能，事實是懼怕現實生活困頓的憂鬱挫折，那是八〇年代初，我的美麗與哀愁。

——二〇二二年八月十七日《聯合副刊》

東北海岸

那是我安心的所在，靜靜面向大海。

他們說，停筆散文兩年後，投石問路的：〈千手觀音〉是堅決告別青春濫情、風花雪月的前十年階段，開始向人民、土地、歷史靠近的新意象……生活吧？畫是現實，文學才是救贖，文字書寫是療癒也是如同戀人的深愛。

面向大海。早已是少年時代尋常的暗夜小旅行，早班從台北後車站啟程的藍皮列車，舊家錦西街不遠的：雙連車站，我跳上緩慢靠近月台的車廂，直抵終點的河口小鎮：淡水。拂曉前最幽深的夜暗，彼時星光燦爛，時有明月伴隨，彷彿一首為那憂鬱少年輕吟歌謠，或水般抒情的鋼琴小夜曲，二十二公里後的抵達，晨霧如夢未醒，異國般教堂尖塔響起鐘聲。

未散文前，事實少年想寫詩：汩汩潮汐輕柔呼喚，岸邊舢舨漂動若舞蹈韻律，只想著回家後，藍色水彩加幾分白，那未散的晨霧是否能呈現某種神啟的莊嚴降臨？文字只留情在慣性的日記本上，獨白儘是自憐、空想的嫩稚，我，想寫詩？幾度翻讀詩刊，晦澀、朦朧抑或不懂的頹然放下，文學在少年時似近還遠。

舉目陽明山學院的詩刊名之：《大地》。終於鼓足勇氣寄上生平第一首詩投稿，數天後接到退稿信，附上主編一封短函，誠懇勸之——你的詩句像葉珊散文，何不試此一文體？

四十開本，淡紫色狹長的文星版：《葉珊散文集》靜靜放在入夜微暗的書桌上，聖潔、肅敬地掀起扉頁，拜讀第一行文字……。

鉛字排印的這本初讀的散文，隨身不忘地帶書抵達東北海岸起點的鼻頭角漁村。珍愛撫娑猶若石版畫微突的雕痕，粗礪且溫潤，好像一封向繆思美神致意的青春情書；金門料羅灣太遠，淡水陽光我早熟識，陌生的反而是詩人直向太平洋接壤的花蓮原鄉，是否該去看看？

不知有沒有一個海岸？

如今那彼岸此岸，惟有
飄零的星光
如今也惟有一片星光
照我疲倦的傷感
細問洶湧而來的波浪
可懷念花蓮的沙灘？

——楊牧〈瓶中稿〉

陰霾欲雨的鼻頭角像蟹螯向東，朝北的另一支是：富貴角。崎岩峭壁的邊緣各自佇立著百年前西班牙、荷蘭的燈塔及碉堡遺址；臆想夜火燒起煤油，替代星光指路，從遠方再遠方航渡已然疲累的三桅帆船循光平安靠岸。百年後我登臨鼻頭角燈塔，灰濛的海色告訴我，海不盡然是晴時溫柔的靛藍，剎那貌變的狂風暴雨，那是塵世必然的：生離死別。相不相信？遙遠的先民安魂曲、被蓄意湮滅的島鄉記憶。

燈塔下方賣饅頭的退伍老士官，遙望蒼茫海色卻堅執地不忘從前記憶；問他何以遁居在這海角邊隅，他沉吟片晌答說——天涯遠眺，原鄉就在海那方啊！突然他一時間驚覺了起來，頓時噤語，掀起鍋蓋，蒸煙濛濛，那是曾經國共內戰的苦難中國，必須掩飾的自我防衛嗎？我稱美饅頭鬆軟好吃，他終於放懷笑了，簡言答說——只是，故鄉口味，好想念怕忘了。

鼻頭角回來那夜，我以〈海角〉作題，虔誠地紀實這老兵的鄉愁，都四十年前了，尋找收入這篇散文的昔書，曾經誤認在遷居時遺落了，幸好安然存在；號角版一九八三《大地之子》。

東北海岸，鼻頭角初遇退伍老士兵，燈塔旁的小食鋪，饅頭溫潤、臭豆腐香醇、答問的由衷敬意；我直覺地在此後的散文虔誠地寫下被不自由逼迫押解遠別中國原鄉，再也難以歸返，至死海角天涯悼念雙親的老兵群像，疼惜我的姨輩翻譯家深意規勸，溫婉中帶著惱意——你？這是揭發社會黑暗面，文字再好，會被文壇唾棄，文學獎不可能再給你！這是墮落。

據說，以老兵作題，至今我依然偏愛的散文：〈滿山菅芒花〉發表後，副刊主編被讀者來話質疑、抗議：分明是挑撥人民與政府的感情！感謝護持、不懼的主編，凜冽一笑。

然後，我逐漸長成，跟著軍隊，走過半壁山河，生命的冊頁一年一年無聲地翻過去。但無論在何處，秋深以後，滿山白茫茫的菅芒花總會讓我想起永遠無法回去的故鄉……母親怎麼樣了？那片廣闊的麥田怎麼樣了？我不知道，也再也不想知道……

如果，能以小說呈現，必然比我這散文更有力道，宋澤萊寫過：〈海與大地〉、履彊：〈老楊和他的女人〉多麼的真切、深刻！這是同年文學豪筆的相知疼惜的生命記憶，拜讀以老兵作題的小說，靈犀同感悲憫以及無奈人世的折逆，蒼涼且堅韌的老靈魂。

寫作的文學人也是冥冥中的老靈魂嗎？很多年很多以後，已然蒼涼且堅韌之我，帶著深愛的戀人而後成為妻子的伴侶，重遊久違的東北海岸鼻頭角，探尋昔時老兵的食鋪，早已是無人所在的斷壁殘垣了……他安然返鄉了嗎？或者，異地終究成晚年憾然埋骨的故鄉？燈塔未開亮，向晚霞色滿布大海如此蒼茫，遙遠在此初遇老兵的追憶自始未忘，天涯海角啊！

作家林雙不為我在九歌版：《寂靜的航道》序文採取答客問，許是替代讀者解謎何以在八〇年代由唯美抒情蛻變文筆描寫土地人民歷史的決絕用筆，他問我答，很有深意——

林雙不：比較上，您的生活算是不錯的，為什麼您近來的作品，觸及到生活形態差異那麼大的社會階層人物？

林文義：因為我樂於接觸、了解他們，無論職業的貴賤，人最基本的尊嚴是要被起碼敬重的。我的家庭環境中上，衣食無缺，難道就不見周圍的同胞的某些苦痛嗎？

那是我安心的所在，靜靜面向大海。

——二〇二二年十一月二十三日《聯合副刊》

當時我們都年輕

我當時很年輕。

不……那時候，誰都年輕。

——森鷗外，明治四十二年七月

彷彿追憶逝水年華。究竟是森鷗外小說裡的慨然之語，抑或是八十年後，谷口治郎不朽的文學漫畫：《秋之舞姬》，編劇家關川夏央的秀異豪筆呢？沉鬱的畫面，四七齡的鷗外在書屋池畔對二十四歲的詩人石川啄木這樣說。

百年後的夜深人未靜。我從幽幽夢中醒來，倒杯金門高粱，翻閱畫集，深思此一對話，不由然地憶起文學十年後，那青春無瑕，懷抱著美與愛，傾往和祈盼，黎明晨光的島鄉將來有著柏拉圖所構思的「烏托邦」之可能……。

就用文學書寫吧？信實的由衷初心。

最早認識：王定國。那是一九七七年，退伍一年後台北松山永春坡剛從馬祖移防回來的陸軍作家，是我傾慕的絕美好筆。教育召集，誰人在意？好不容易退伍，那猶如民間的「莒光日」，台上喊口號，台下人慵倦；我在休息時間悠然入營舍，作家靜謐摺被，我輕聲呼喚他。

不談惱人政治，在所謂的「黨外」雜誌編輯室坐了下來。總編輯眼神如霧，半信半疑地揣測來者是真心或是戒嚴制度隱藏的：「臥底」……我交稿，用真名，不筆名。他說：你不擔憂嗎？警備總部有一天會約談你……四周如鬼魅的戒懼惶恐，請問：文學能否對抗政治？

想為一本古老的文學雜誌蛻變新風格嗎？李費蒙（牛哥）老師第一代的學生師兄：任適正邀我接編：《文壇》。很多年後我才恍然想起，杭州南路的雜誌社，尊敬的版畫家前輩：朱嘯秋先生那儒雅如父如師的包容。印象中竟然缺失此一段朦朧記憶，事實雖短促卻如此永恆。

我當時很年輕。不……那時候，誰都年輕。

日時的文學月刊，夜晚的異議雜誌……不說年輕虛妄的「革命」理念；事實很卑微的，還是為了現實裡謀生活的稿酬，那般輕微，是否妥協地回到報社去?黯夜最暗，但相信台灣終有黎明天亮的時候……我相信，並且堅執。

陳銘磻為我出版：《大地之子》，封面是正直勇健，任職在新聞局編譯的陳永豐攝影：幾個小男孩在孫文紀念館水池，他也出版第一本書：《遙遠的天堂》，請我作序，凜冽而坦然。

三位老友，一是出版人，二是公務員，三是寫作者，自然自在自得，信仰的文學之愛。止筆至此，唇小酌，心暖熱！不懼且坦然的八〇年代初的相知相許，年輕之夢，多麼美麗！

應該虔誠唱一首歌
如夢之夢，那是美和愛
我們多麼年輕……

島鄉紀實，想念母親
北方冷冽南方熱炙
她哭泣時我們人在何方？
遙敬一盃酒，寂岑的孩子
四十年後失智母親
再也不記得了

不寫詩的我，竟加入了：陽光小集詩社。能做什麼？詩人向陽肯定地說——您用漫畫評論詩壇。因此與列位年輕的文學好手結緣相識，他們彷如千手觀音，不止寫詩，小說、散文、攝影、繪畫、音樂皆獨具風華！我學習、請益，更珍惜地分享心事，另類的「革命」感情……台北植物園藝術館，大門高懸紅燈籠敬題：鄭愁予老師不朽的名句——「是誰傳下這詩人的行業／黃昏裡掛起一盞燈」；詩與民歌之夜如火燃燒，親近文學眷愛的群眾，青春和晚秋在弦月方綻的靜美，不分年歲的喜悅盛會，承命擔任節目主持人的歌者葉佳修與我，開場前回眸舞台後窗，哦，池塘的蓮花盛放了！

直到詩社憾然解散，我依然不曾寫過詩。

——只要您別為黨外雜誌寫作，何不來我們即將新創的月刊做編輯？竭誠邀請。

溫文儒雅的微笑，出身政大東亞所的先生據說是「研究陳映真專家」。咖啡香醇、樂曲悠揚，午後陽光灑入這城中區小街，二樓昭和風格的咖啡店，我答之微笑，他再說；如果能夠交換文學意見，該有多好？

——您願意來嗎？好編輯，我們很期待。知道離開短暫的報社，您失業……哦，抱歉，漫畫接案收入也不錯吧？童少月刊連載，幾個副刊都有散文；別固執了，編我們新雜誌吧！

您失業……他略微同情的暖意，彼時真的讓我感觸而傷感；是啊，猶若拜讀日本明治時代作家夏目漱石的名言——文學者，世俗笑諷為：無用之人，既是無用，那就勇敢前進吧！

——感謝您的好意，咖啡很香啊。我說。沒有結論的結論，相互苦笑的揮手告別，下樓臨街，秋風冷襲身，銀灰的天空濕濡的微雨……剎時浮現沒頂的茫然，無路可出的羞愧，是啊，家人多少為我這「無用之人」憂愁，偶瞅見那沉默凝重臉色，只能避開、疏離了。

理想的終極是什麼？那一夜，落淚了。

彼時任職《幼獅月刊》的黃武忠，是我八〇年代至今最難以忘卻的文學摯交。婉拒那「研究陳映真專家」新雜誌編輯的邀請，竟然有幸和黃武忠、陳銘磻合編三期的：《散文季刊》。無給職的心甘情願，黃約稿、陳印行，我插圖……三合一的首創「散文」雜誌先河。但見周浩正先生魅力壯舉的：《小說新潮》迎見如花綻放的各家詩刊，何以不曾有散文專誌？

武忠兄的沉穩、銘磻的堅定，我的追隨，多麼美麗而純淨的文學新風景！今時憶往，只有三期（《小說新潮》四期），稀微的三棵散文樹呼喚、祈盼一個未來更大的可能，折逆之必然固然可惜，往後九歌版的年度散文選初萌，林錫嘉兄創意，引領我與陳煌首發，至今，散文選凡四十年，壯闊如大山大海，何等的珍貴！理想在現實中是：烏托邦，文學之愛我堅持。

百年前，從德國沉鬱回來的日本作家森鷗外和詩人石川啄木的對話，不就是我的從前？——我當時很年輕。不……那時候，誰都年輕。

——二〇二三年一月二十五日《聯合副刊》

一人長夜

悄然入房，為幼稺的孩子蓋深睡踢開的被子，孩子不知道吧？父親未眠，安心回書房。

應該教孩子作畫，或者寫童話唸給孩子聽，假日帶孩子喫美式漢堡，分享漫畫書，聽著孩子歡快、無邪的稚笑聲……長夜漫漫孤燈下，夜深人未靜，父親默然寫作，一人的生涯。

寫什麼？不寫就閱讀，初習文學時驚豔於早慧的三島由紀夫那本：《假面的告白》，八〇年代，反倒傾往芥川龍之介一再自我詰問，那迷魅的小說情境。他借用東京某禪寺主持禪超之悟：「佛說根本地獄、近邊地獄，還有第三重孤獨地獄。」但見芥川如此真切寫下——

不論山間曠野、樹蔭天空，隨處可見此種境界，每一刻皆無常，地獄般苦難頸時出現；我在兩三年前就陷入其間……。

陷入其間……？偈似開示，是否我這長夜未眠，耽於讀寫者亦是「孤獨地獄」之人？孤獨很巨大，事實並不意味是哀傷，但那猶若在無邊暗黑的幽然如鬼似神，悄靜挪近時，不免無措地歇筆、歛頁自問：存在的意涵又是何以？文學，究竟是救贖或是幻滅？持續青春時習畫未竟的絕美索求愛與美的風花雪月，抑或是敬謹呈露人民、土地、歷史的信實呼喚？

人民，渴望在無邊暗夜，祈待黎明。

土地，被掠奪、傷害，山與河無奈。

歷史，虛實迷離交纏的：魔幻小說。

讀或寫總是到拂曉前，懼怕天明。倦筆熄燈一刻，浴室的乍暗鏡中是我乍然的黑影，如同突兀的剪紙，彷彿脫離肉身的幽靈，那是我的前世嗎？何以輪迴到今生……？我問，鏡中人沉默；你從地獄來嗎？那種孤獨像人間是否？他不回答，只是全然的黑暗，幽玄的靈魂。

孤獨不是悲傷，應是更為深切地反思；地獄，那是面對生命無措、挫折當下的對抗。

創作的意念不就是追尋、還原真情實意的自我嗎？嬰孩最純淨的初心、臆測成年後難以抗拒或妥協的塵世試煉；芥川凜言——人間比地獄還像地獄！長夜不眠，耽溺書寫的我，愚昧的試圖在死寂的廢墟上，種植盎然、昂揚的紅花綠葉，直筆的美麗，蒼茫的天問。

所以，半人馬的詩人
日夜疑惑自問
蹄的奔馳、手的焦慮
莫非等待美神誕生
海深波濤那枚貝殼張開
濕濡的金髮，裸身如玉

維娜思，你為她命名

那是神與人的千年鬥爭
侵占和凌虐懲誡夜夢
要你棄筆，絕對安靜
耽美在情慾飽滿的自足
不許智慧，只許馴服
看不見的神是法西斯
不聽天命，賦以罪行
因此，半人馬註定不幸

人格分裂？許是童年孤寂，成年後喜愛群聚，卻在坐落書桌，執筆就紙一刻，竟懼人聲干擾，全然安靜的不與人近。神的崇仰、鬼之迷魅於我都毫無意義；一分為二，肉身對峙靈魂，後者是仇敵，因為求完美，不容許庸俗，這是我的傲慢，我的堅執，風格亦如人格。

不寫作時的陰晴時日，中山北路、南京東路交叉口辦公大樓竟然有文學出版社？同年的陳信元接續前之：蓬萊出版，竟另創：蘭亭書店。定位前十年，戰後嬰兒潮誕生的年輕作者文學群著，我散步去他那兒喝茶聊天；信元兄耿直正向，從不畏懼提及親炙好友而後被定罪為「政治犯」的：劉國基、戴華光。我說很想認識這兩位為家國理想的蒙難志士，他笑答——他們在景美，不是家居，而是監獄。介紹一個更勇敢的，剛服完十五年政治牢的朋友，就是常在《臺灣文藝》善寫文學評論的好手：呂昱（建興），現在是蘭亭書店的殷勤同事。

初識文學豪筆都是青春閃亮的星子，夜更深沉時，原本微弱的疏星竟然更為明亮；筆名：喬幸嘉的小說家陳恆嘉主編五十期後的《書評書目》月刊，那是白天，夜晚依然精力充沛的編輯《關懷》雜誌，因為這本新刊的發行人周清玉女士的律師先生姚嘉文因為美麗島事件入獄，義氣相挺的編輯人不畏而坦然，我終於有幸的結識擔任美術編輯的：劉還月。我悅然地交給他們一篇小說：〈凋零的小野花〉，問我——不用筆名？你不怕……？我答——真名。

是的，我用過筆名，那是評論文字：林若塵。學習敬仰的前輩小說家：陳映真以「許南村」筆名嚴苛地批評小說的自我缺失；我也如是依循藉林若塵筆名批判林文義的散文。臨鏡解謎之逸趣，相信內在的文學靈魂更清楚！長夜漫漫其實短暫，寫著寫著……天漸明亮了。

曾經多麼祈盼一個貼心的擁抱，沒有。

那人在十尺之外，卻遙似天涯海角。

我，誤解她的好意包容吧？也許是要我專心寫作，只怕干擾、中斷我正勤寫的熱炙。

她，一定也很茫惑、淒清的枕邊無人，那隻婚前熱戀的手哪裡去了？猶若有一次她凝重問起——是否我，不再美麗了嗎？

究竟是小說情節抑或是真實的錯身而過？

我，很抱歉，感謝妳為我的寫作而無可奈何。

很多年以後，拜讀川端康成關於寫作的感懷，沉鬱之心，剎那如繁星明澈，他說——

這世界太擁擠，沒有比夜更深的傷，沒有比夢更短的遺忘，最好的故事在黎明前死去。

悄然入房，為幼穉的孩子蓋深睡踢開的被子，孩子不知道吧？父親未眠，安心回書房。

應該教孩子作畫，或者寫童話念給孩子聽，假日帶孩子喫美式漢堡，分享漫畫書，聽著孩子歡快、無邪的稚笑聲……長夜漫漫孤燈下，夜深人未靜，父親默然寫作，一人的生涯。

——二〇二三年九月二十八日《聯合副刊》

條通小酒店

前岳父從東海岸鳳林來，篤實謙和的水利局任職一生，問他難得台北行，想去哪裡？

——六條通。岳父說，眸光閃亮，似有祈望，我這女婿久居中山北路三段，條通在一段與南京東西路交口的巷中，欣然伴隨夜酌去。

記憶的日式小酒店，女侍陪酒不賣身，鄰座多是附近商社下班後的日本人；第一次領教到向來沉默少言的前岳父流利的東洋話、盎然快意地歡唱日語演歌，眉開眼笑地放懷高吭。

那是他年少時殖民地的青春回憶，或是遙遠的北國鄉愁？不諳日語的女婿只能敬慕地斟酒，前岳父瀟灑、帥氣地回敬——堪拜（乾杯）！但見他滿意的唱完北島三郎名曲：〈尾道之女〉下了小舞台，方剛坐回，鄰座銀髮的日本先生挪身過來，四十五度鞠躬，致意敬酒，會心交語半刻（我聽不懂），竟而彼此微嘆了……我不解輕聲問起，前岳父微語附耳，似怕譯音干擾到來客的雅興——我們交換一九四五年終戰前最黯淡、淒涼的往事，少年好友都走了。

少年好友都走了？只記得散步回家，緩行中山北路一段到三段的路上，已是子夜，月明星稀，人車稀微，那是深秋吧？路樹蒼鬱黑濛的寂岑，微醺兩人，沒有多餘對話。那份異常的悄靜，成為幾年後我的一帖散文借題——

他們不約而同的唱了起來，唱得很大聲，也很專注——生像夏花般絢麗，死似櫻花般飄零……他唱著唱著，眼淚無以抑止的，順著臉頰流落下來，好像那幾十年來的惡夢又在歌聲裡悄然回來了。彷佛還清晰瞥見那群如小白馬般的同僚，駕著裝滿高爆炸藥的飛機，往米國軍艦的排氣孔猛烈衝撞下去……

——〈黃昏歌聲〉一九八七

二十年後重返六條通小酒店，不是日式而是台式，陪酒儘是青春美少女。文學雜誌總編輯是山東與朝鮮合體的浪漫詩人，文友歡聚，恆是請他先唱韓語歌謠，〈阿里郎〉太尋常，就唱：〈花戒指〉何不？唱完韓曲換華語，嘿！你的僑生高中同學是姜育恆，總編輯唱：〈再回首〉吧。

酒歌歡聚，靈犀在心，多麼美麗而專注的編輯正職，寫作熱炙，些微沉鬱，不如愁心先醉吧。夜未央，微鬱半醉，就回家寫詩吧！朦朧間怎一個人漫走一段路了？計程車閃燈接近，隨手招呼，入座倦然，這才察覺怎麼衣潮了？何時條通飄雨，那濕潤似情愛，如此溫柔。

林海音家的客廳，幾乎是半個文壇。

另半個文壇呢？我說就是：小蜜房。

前輩客廳和晚輩小酒店合一就是整個文壇了……相不相信？可能或不可能？八〇年代。

有人是因為一本小說促使好奇前來，有人純粹是這家位於伊通街小巷中，猶如昭和風情的酒歌氛圍而喜愛；我和同個世代的文學友伴多是屬於後者屬性，小蜜房是溫暖、靜好的自家書房外的另一客廳，不約而同地相與抵達。

紙屏風是南宗書法，卡拉ＯＫ必須右手持麥克風，左手翻歌頁，看字詞隨音樂唱曲；葡萄蜜酒香醇、烏龍茶搭配現煮咖啡，文學人意外歡聚少談創作反是多說生活，鄰席的報社記者插話些許政治，就連中研院史語所研究員、大學教授酒歌片晌後也挪身過來問說：副刊讀到列位的詩、散文、小說，比起枯燥的近代史、經濟學有意思多了……。

呂姊呂姊！酒店主人猶如熟稔、親切的自家人，先來後到的客群自然自在地招呼；小說寫不寫她已經不必好奇不窺祕；就像幾乎兩三天就光臨的兩位黨外立法委員，江、張兩人對坐，各持菸斗，都是法律人，論政白天，夜來小蜜房，不談政治，竟問起座間文學人等——三島由紀夫《金閣寺》、水上勉《五號街夕霧樓》，同樣題材皆是小和尚燒了金閣，你們認為哪位寫得更深切？大哉問！文學人噤聲頓時，私語：政治人也讀文學，很好啊。這微言還是被立委大人聽到了，笑說——喂，請各位偉大的作家別笑我們，台大法律系求學時，再窮困還是存錢買志文新潮文庫的日本文學哦，芥川龍之介、川端康成……都非常喜歡！

文學人的我們難以評論，舉杯敬兩位，溫文爾雅的黨外俠士：江鵬堅、張德銘先生。

那些幾乎伴隨小酒店歲月一起走過的老客人，竟也不渝的形成酒店不可分割的一部分；猶如準確的時鐘，定時抵達，喝酒、唱歌，面具暫且揭下，多少也能互吐真言。像一群可以預期的候鳥離開、歸來；老客人們都有他們的故事，女主人總是這些故事的目睹者，圓滿或者幻滅，煙雲般的穿過她美麗而明澈的眼底，紅塵過客，自是滄桑滿懷……

——〈歲月小蜜房〉一九八八

台北新生北路高架橋下儘是停車場，水泥層暗不見天日幽幽流淌，成為廢水溝的底部是今人早已遺忘的：瑠公圳。少年未忘的美麗回憶，穿著水手領一身深藍的稻江商職女生，晨時靜美的行過未被水泥掩蓋的瑠公圳上的小橋上學。我則在假日或偶而逃課，走過夾竹桃岸邊樹的當下，總是看依舊潺流的圳溝，回想百年前先民墾拓台北盆地的勇健和勞苦……我去看松山機場起降的飛機，嚮往的天涯海角。

瑠公圳沉埋在今時的新生北路底層，髒水汙泥累積了百年，何如孤寂，沒有歷史，不須記憶。這條高架道路橫過南京東路，一段是六條通，二段是小蜜房；阿盛散文《綠袖紅塵》寫過風月女子的悲情，那時小蜜房，他唱台語歌：〈天星伴天涯〉，我唱〈黃昏的故鄉〉。直覺的悲憫、疼惜的真情實意，縱使些許感傷濫情，亦是相知、互勉：好好寫作，酒一杯！

酒不止一杯，吞嚥苦液其實是試圖療癒自己在現實生命中難言的沉鬱……再去小蜜房喝到大醉，醺眼靜待拂曉再回家；有人在等候嗎？我很抱歉。內心真切說，外在卻頑強，避開三樓睡或未睡那人，我在二樓書房坐下，安靜地拿起筆來，夜好深了。

——二〇二三年十二月六日《聯合副刊》

玫瑰不折枝

我們陪老先生抵達台大校園的向晚，他自在端詳著校門那碉堡的石牆，安靜且沉定地笑說——好像年輕時首見東京帝國大學啊，熟識的建築，很親切呢！只是那裡種櫻樹，這裡植椰子，殖民時代的南方疆土。

很親切呢！入晚兩個小時後就不親切了。新聞社的邀請同學在演講會即將開場前，在文學院教室門口和穿著靛色青年裝、蓄著軍人般短髮的校方人員起了意外的爭執；我們陪老先生已入座，稀疏聽講的學生不免頻頻回首，明顯的惶惑，怎麼回事？純粹的文學座談。

——你們有申請批准嗎？非法聚會不行！

——我們申請通過了，請教官不要干預！

前問者臉紅脖子粗，氣急敗壞責難，後答者反詰：談文學有何不可？遂讓外來客的我們多少索然幾分，倒是列席擔任講評人的教授，接過麥克風，凜冽、無畏地宣布：講座開始。

老先生是今晚的主角，我們晚輩只是伴隨助講，文學之愛，暴烈是反抗，抒情是溫柔。講座聽眾不多，欣慰是青春心靈的專注聆聽，一朵壓不扁的玫瑰，他輕緩說起小說：〈送報伕〉，在東京的苦讀、打工生涯，不談被禁錮十二年的綠島。年輕時農民運動如晚風吹過，老先生的美與愛，清癯身姿在講座中閃亮而巨大了起來，伴隨助講的我們受益匪淺。

文學座談，沒有人獻花，反而是講桌下排列著好幾台錄音機？但見幾位橫眉肅顏的校方人員（教官吧？）警戒似的雙手合抱，彷彿提防某種暴動即將引燃，只因老先生是：楊逵。

窺探與制約的文學座談會，就連向來稱詡「自由主義」的頂尖大學也難逃國家暴力的威嚇；那夜我們訕訕然離開，月光深寂的映照，楊逵老先生微笑、慈藹地向晚輩們致謝。

悄然回到家，倦累卻無睡意，從書架抽出老先生的小說集：《鵝媽媽出嫁》，靜閱中國作家胡風譯自日文的〈送報伕〉，猶若探索楊逵青春年代在異鄉艱難、苦澀的追憶；其中令我讀之盈淚的，是母親的遺書——

> 我所期望的唯一的兒子……我再活下去非常痛苦，而且對你不好。因為我底身體死了一半……。我唯一的願望是希望你成功，能夠替像我們一樣苦的村子底人們出力……沒有自信以前，絕不要回來！要做什麼才好我不知道，努力做到能夠替村子底人們出力罷。我怕你因為我底死馬上回來，用掉冤枉錢，所以寫信給叔父，叫暫時不要告訴你……
>
> ——楊逵：〈送報伕〉

讀到這裡，想著作為文學晚輩的我們，此後將如何持續創作的未來旅程，究竟是小我的私己抒情或大我的放眼土地、人民？回想伴隨老先生助講的我們，其後，一人談詩之反抗，一人說農民小說，我藉以旅行認識島鄉……聽講的同學如青翠草原上的青春鹿群，眸光乍亮！告訴更年輕的他們，一定要堅持信念，懷抱希望，讀寫文學，那是不被剝奪的自由心靈、擁有愛與美的傾往，正直、誠實地祈待夜暗終會過去，迎接黎明天光降臨的：台灣。

「台灣」二字一出，校方人員那驚慌失措的慌亂神色，反倒讓講者的我們沒有任何快意，回應的是淡然的感慨；難道島鄉之名是禁忌是卑微？結語再說一次——請珍惜台灣文學！

八〇年代初，因為楊逵，我更堅決相信文學是值得奉獻一生的苦修行，必然成果而甘。

再一次，台北耕莘文教院的文學盛會，枯燥且流於形式。突見老先生孤零於坐席間，那麼蒼老而疲倦，近身與之並坐，他認得我，慈藹地笑了，低聲說——聽不懂他們那腔音很重的華語，我覺得自己好像是多餘。我問——誰陪伴您來台北？答說是自己來的，現在住鶯歌。我嚇了一跳，這麼大歲數的老先生竟然換三趟車來台北？我說陪您回家。他客氣推辭說鶯歌太遠了。我堅持，不放心他一個人回去。

搭車到台北車站，我買到桃園的莒光號車票，他卻說別浪費錢，咱們坐普通車就好。兩人擠在下班、放學的乘客中間，老先生卻一點也不埋怨。沒有座位，兩人站著握緊環柄，一路上笑談到桃園，換計程車回到鶯歌山居，已經很晚了，他堅持留我晚餐，兩包冷凍水餃，我幫忙燒熱水，老先生拿出一瓶紹興酒……那是一個十分寧謐的夜晚，天空星光異常晶亮，一邊喝酒一邊聽他款款道來，文學不凡的境遇，受過許多的誤解和委屈，卻昂然自在、無怨無悔，充滿尊嚴地活了下來。

四十後我還記得
互敬紹興的豪情萬丈
那麼星光如此燦爛
水餃美味都是文學
彷佛青春的東京歲月
送報維生少年昂揚

不懼異鄉冷冽風雪

猶若早逝小林多喜二
《蟹工船》是否讀過？
老先生凜然問我
我，謙卑搖頭
因為拜讀您的農民運動
回問老先生還文學否？
笑答：鋤頭種花就是創作

最後的相逢。楊逵先生素唐裝，凜然端坐在台北街頭的競選講台上，胡德夫為原住民請命，高昂地吟詠：〈太平洋的風〉，楊祖珺接唱：〈美麗島〉，真切詮釋人民及土地的雅音。一記驚雷——掌聲歡迎：楊逵先生！但見氣定神閒的老先生舉目望著幽邈夜空，月明星稀，口號和歌謠之後，頓時靜寂，他是在對半世紀前的少年楊逵告白嗎？沒有競選語言，不回憶小說：〈送報伕〉情節，只是祈待新一代的台灣人，一定要有公平正義、尊嚴的好生活。

楊祖珺敬慕地獻上一朵玫瑰，老先生高舉向星月；是啊，楊逵是一朵不被折逆的玫瑰。

——二〇二三年七月二十三日《聯合副刊》

不可以：魯迅

我不明白，在高中時代為什麼初讀文學，不可以讀三十年代的：魯迅之書？

大約是午餐時刻，窗外山邊的杜鵑花開得正美，一邊便當，一邊翻書，少年心靈分外安靜；忽然伸來一隻大手粗暴地搶去我正閱讀的魯迅之書！舉目，是教官那凝肅帶警告容顏，兩眼對視，我疑惑，他有著微慍的焦躁。

——這本書誰給的？你不知有「毒」嗎？

——牯嶺街舊書攤買的，才十塊錢便宜。

——你是好班長，不許轉交同學，知否？

我不解，真的不知所措……教官姓唐，向來對我如叔輩般地眷顧，何以此刻如此嚴厲？唐教官竟然沒收去魯迅之書，將書還給我，低首附耳輕聲說：收入書包，別讓他者再看見。

只記得午餐味不知，想著何以不能讀這本行文間附著版畫插圖，非常深切的好小說？究竟所謂有「毒」，是版畫還是文字，我不懂。

成年後，在報社任職，資料室的「匪情」一欄，拜讀成大教授蘇雪林評論魯迅的文學，怎是意識形態的詰責，而少文學的辯證？哪怕是相異的思索，少文學，多政治，我不以為然。文字美學應合藝術，附庸戒嚴年代的極權獨裁者的指示；對照俄國小說家蕭洛霍夫依循史達林文藝政策，一個可以寫出：《靜靜的頓河》傑作之人，靈魂自我墮落，我為之惋惜。

理念不合，決然辭去原先自以為得以安定、平穩的報社記者工作，回家以漫畫、插圖維生。海外華文報紙的副刊主編許我連載新作，就在中國古典小說：《三國演義》、《封神傳》之後，端然鄭重地說——豐子愷畫過魯迅名作《阿Q正傳》那是單幅插圖，你能否用連環漫畫同樣也創作《阿Q》？……

台諺：少年不驚槍。毫不猶豫，滿懷信心，如果真能以漫畫改編魯迅小說，那是向永恆的文學前輩致以無上的致敬，何樂不為？半世紀前，中國豐子愷以圖詮釋，五十年後，台灣以畫追隨，海隔兩岸，也是靈犀等同的相惜。

敬謹地重讀：魯迅小說。向少年時代習畫的漫畫兼及小說名家：費蒙老師珍藏的豐子愷插圖借閱，那溫潤、虔誠的墨筆，是我難以抵達的境界；他是魯迅好友，我只是後代讀者。

阿Q漫畫造型應如何？怯懦、畏縮，卻又散漫、虛張聲勢……那時代是清末民國初，軍閥替代被幽禁從嬰兒到青年，從未走出北京紫禁城的末代皇帝：愛新覺羅‧溥儀。孫逸仙醫生應後悔他的「革命」，晚年鬱悒肝病死去，伴侶宋慶齡比他有智慧，早諳就是讓中國更不幸的亂世；理想主義者魯迅從日本留學，棄醫從文，天真的誤認文學比醫術更能救贖萬千人民的啟蒙和祈望，每一帖文字都是良美初心。

藤椅上靜靜抽菸
低眉想些什麼？

愛文學不政治
國民黨視您為敵人
共產黨讀您的書嗎？
不孤獨您相信
沉睡中國一定會醒

這是先知者的命運
這是完美難以抵達
盡心瀝血的大不幸

忍看朋輩成新鬼
怒向刀邊覓小詩（魯迅詩）

靜靜抽菸不平靜

不必虛矯的沐浴燻香，不須磨墨臨帖敬抄《心經》，自然也是不用手持《聖經》懺悔；A4白紙、黑色鋼珠筆，日本PENTEL按尺直線，上下兩方格，中間長一橫框，思索的不是即將落筆的漫畫人物，而是小說中雋實的文字。

斟兩杯酒，遙敬生於一八八一浙江嘉興，逝於一九三六年上海的魯迅先生，本名：周樹人。持酒心想：敬慕的您，是否與我傾心日本作家小先生九歲，卻比您早死九年的大正時代同輩豪筆：芥川龍之介，是否？幽冥長夜，千古之不巧。

芥川龍之介，明治時代被譽為「國民作家」的夏目漱石稱譽魯迅小說是：中國文學第一人。我沒有這種迷思，就文學閱文學，豪筆自是佳作，別用意識形態左右我，相信直覺。因為禁忌，由於獨裁政權、右派法西斯的教育，不是我這晚輩讀者生性不馴，而是我拜讀中、日二者的書寫，人性與真情，寧願虔誠敬仰。

請益費蒙老師：阿Q造型應怎般切題？老師答以：未剪去清代辮子，雖是民初還是舊朝人，不必依照豐子愷，那是昔時筆墨，現代之你，賦以新思考，放懷畫去，不須遲疑！

怯懦、畏縮，卻又散漫、虛張聲勢……我不想中國人性，反是思考八〇年代的台灣人又是怎般形成？

費蒙老師昔時膾炙人口的漫畫名作：《牛伯伯打游擊》，禿頭三根毛，兩顆大板牙，如若給阿Q加上清代辮子，魯迅如見應何評論？

想到的，還是文學，不是圖畫……。

長夜漫漫，水似抒情，猶若信約，全心專注作畫。一九二一年完成的中篇小說，近三萬言分帖九章：序、優勝記略、續優勝記略、戀愛的悲劇、生計問題、從中興到末路、革命、不准革命、大團圓。正是改朝換代的荒謬哀歌。

戒嚴的台灣不容發表，太平洋彼岸的北美大陸、南方的熱帶島國華文報紙前後連載刊登；反倒是原鄉台灣難以閱讀這僅有五三頁的連環漫畫……完成彼刻，借菸酒慰己，天清地寧的舉杯遙敬六十年前的魯迅先生——感謝您。

想到的，還是文學，不是圖畫……。

茫然地捫心自問：漫畫維生之外，我的文學是否持續？何不放自己一次假期，日本北方的仙台。青春時的魯迅渡海習醫，春櫻、夏杏、秋楓、冬雪……孤寂少年，巨大心志，懷想憂思的不是私己情愛，是大我的憂國憂民深慮。拙筆完畫的我這文學晚輩，合應去代敬仰的前輩重訪夢寐不忘的扶桑異國；就在那年決定，櫻花綻放的三月，旅人抵達仙台，那木造古意的老建築，文學留下的魯迅，微笑抽菸著。

——二〇二三年一月十一日《人間副刊》

奇岩兩端

小說家從鹿港來，與他在師大路的食堂晚餐，許是他四年歷史系的母校吧，倍感親炙。本名：廖偉竣的小說家不談宋澤萊，反倒相互聊起詩人畫家沈臨彬的《泰瑪手記》——他的意志近於安德烈．紀德。果然，這是我倆共識。

從鹿港來的宋澤萊與宜蘭小說家前輩有約，問我這老台北人——北投奇岩山下同行吧！冬夜不冷，是眷戀的文學相惜溫暖了我們，快意搭上北淡線鐵道列車往北投前往了。

我問小說家是彰化鹿港人嗎？他笑答是濁水溪南岸的雲林縣二崙鄉人，難怪以瓜農作題的好筆《打牛湳村》寫得那般壯闊、精彩。執教於鹿港福興國民中學歷史課程，定居鹿港；列車穿越雙連，我說這是童年生長地，士林則是求學的地方……。是啊，鹿港生的兩位文學同輩好筆，一是本名施淑端的：李昂。一是以本名書寫，散文、小說秀異的：王定國。

那是他們誤解了，以為我忽而「失蹤」恆是頻繁地出國旅遊。文學友伴欣羨時而問起，苦澀是我，如若誠實告白僅是猶若「外勞」般討生活，他們相不相信?原本可以在一處資產豐厚的跨國企業附設基金會出版部任職總編輯之我，就只因一時和社長先生理念相異，立即辭職!潔癖的堅持?不以為意的任性?中學時代兄弟般知心老友劉君，疼惜剎那失業的我意志消沉，朗快邀請加入外國通訊社工作行列。

——我?英語欠佳，怕耽誤採訪專業。

——沒問題的，那是伊斯蘭國度，安心。

一九八三年。我心愛的六歲女兒、三歲兒子，時而少見這失職的父親，我在數千里外；陌生且躁鬱，內戰或外侵的伊斯蘭國度，我真正抵達。幸而不必英語，就以華文寫字，出身台大外文系，中英混血的香港僑生劉君俐落的翻譯，異鄉旅店對酌美酒，新聞稿傳真回美國。

小說、散文晚輩，要去拜訪：黃春明。

漫行散步奇岩路，北投近草山，如果是春天走訪，合應是櫻花綻放；夜深人未靜，帶客的摩托車依然喧鬧，排氣孔有溫泉的熱炙。

奇岩路？那不也是：隱地、陳恆嘉、雷驤住居的家園嗎？猛然憶起，我向宋澤萊說。

到了，到了。兩層小樓屋，紅色木門推開，黃春明先生笑顏迎人，入內已備妥一瓶醇酒，兩個可愛的小朋友躲在樓梯口，爸爸招待——國珍、國峻！來叫兩位叔叔，要有禮貌。

怯生生的小朋友近身，我描漫畫作初識。

——美麗島事件後，陳映真沒去高雄竟也被約談？警備總部實在真酷行！

——請教黃老師，台灣此後將是如何？

——認真文學吧，拿出第一流作品就好。

三人對酌一杯酒，受益良多的冬夜如此溫暖！春明老師簽贈日文版《莎喲娜啦・再見》，時為：一九八〇年元月七日，奇岩山下公館路。

磊疊的岩層是否
正是文學堅執的重量
天問？誰能回答
不如回看東方水墨
奇岩凜冽雲霧中
如是：米開蘭基羅
石頭取靈魂的雕刻

雕琢刻意文學是否
美與愛才是結果
簡單純淨的生活

書寫不須造作
岩的堅硬如是執著
循水流去任人去說
人生不如一行波特萊爾

遙遠的華文採訪，轉譯英文傳真成功，我安心坐下來，旅店雕花窗外向晚金黃的「落霞與孤鶩齊飛」。借引前人詩句，熱咖啡、冷啤酒，翻頁依然空白的筆記本，竟然寫不出一則自己的散文？原鄉遙遠，異國陌生，彷彿暫別深切眷愛的文學，猶若思念永恆的戀人。

雕花窗緣，輕撫細挲是如此溫柔。花紋是鬱金香，微張的橢圓形瓣葉，像極索吻的紅唇，嬌羞地闔眼等待，十四行詩第一個字如何落筆？空白筆記本，寫不出任何感覺怎麼回事？

數公里外有戰爭，內戰傷亡的少是相互敵對的軍隊，多的是無辜的人民。東正基督教何以難容伊斯蘭族群？伊斯蘭信仰又何以不去了解基督教義？一枚導彈燒毀一處寧謐的美麗村落，緊摟死傷幼兒，悲泣哀號的母親……咔嚓！咔嚓！同行的日本攝影家，按下快門後，終於忍抑不住地流下眼淚，時而喃喃自問——為什麼會這樣？為什麼為什麼為什麼……

另居奇岩的三位文學人，敬慕文筆各有風采，幾是典範；前是本名：柯青華的隱地。早期一九六三年四月皇冠版小說、散文初集《傘上傘下》，政工幹校新聞系出身，而後編輯過——《純文學》、《清溪》、《書評書目》，創編：年度小說選，成立爾雅出版社。接續隱地《書評書目》雜誌則是從日本京都留學返台的小說家，筆名：喬幸嘉，本名：陳恆嘉的彰化人士，一九七五年在高雄三信出版社印行小說第一本書《嘩笑的海》。我喜歡和他酒聚，聽著柔情誠摯歌聲，吟唱最溫暖的台語名曲：〈媽媽請您也保重〉。思索，原籍中國上海出生的雷驤，畫文兼美的獨具風格，竟是日本和式的深刻筆墨？紀錄影視節目〈映象之旅〉，帶著林佛兒兄和我這晚輩，回到台南鹽分地帶，那向晚的鷺鷥家族回到海岸木麻黃防風林的壯觀，他靜靜素描著。

北投奇岩路，我青春歲時最美麗的風景。

三十年後，晚秋之人驀然回首，夜深的電視國際新聞驚見，彼時異鄉仰望的岩壁石刻巨大佛像，被激進的伊斯蘭革命軍炸毀、更遙遠的半島一分為二，政治是算計、文學是理想，終究是強權宰制稀微的不幸……未忘旅店窗沿那雕刻的鬱金香，空白筆記本竟然寫不出一個字？堅硬岩石兩端，人生實難實，我不退怯。

——二〇二三年十一月二十九日《人間副刊》

閱讀，彼此看見

兩份文學副刊：中時與聯合。

猶若晨起餐食的三明治、燒餅油條、咖啡和豆漿之相異；循序尋常翻頁靜讀中時放懷、聯副拘謹；文學標準卻一致的精緻巧思。

熟識、陌生的寫作者，逐日拜讀多是佳構。逐字反挫的反而是拙筆的自己？小說，不曾試過，愛新詩卻怯懦不敢參與……只有散文稍具信念：我手寫我心。文字美學的終極追尋，迢遙的標準高度究竟如何？放下副刊迷惘著。

謙卑就教熟識者，只能揣臆陌生的豪筆之人，她、他怎般以書寫抵達比山更高的天雲？

第二屆時報文學獎首設散文類，倖入獎項又如何？未來的走向、題材是壯闊山河或私文學的告解，回眸那方型獎座銅牌，設計者，秀異畫家：林崇漢型塑一隻白鳥，是飛鴿或是鷹隼？我一直都沒請教過，就兀自展翅飛去吧！也許若不用心再寫，再是勇健的青春鳥還是會被擊落；我苦思：再寫，未來如似霧中迷離。

黃凡。勇健、不畏的小說：〈賴索〉。是否就是向諾貝爾作家：索爾・貝婁致意回應？陳列散文：〈無怨〉，竟是真切面臨的青春不幸。因為時報文學獎，這兩位傑出的豪筆此後是我得以交換心事、請益多多的知心好友……。

前者主修工程，後者外文系，都是由衷深刻的性情中人。渙散無大志不由然傾羨他們初顯身手驚艷！小說、散文如魚得水，兩位好手酒聚歡快時刻，反倒勉勵我——你散文有特色，別自卑，好好寫去，猶若〈千手觀音〉。

本名：黃孝忠的黃凡，士林劍潭居住。陳列本名：陳瑞麟，嘉義出生。八〇年代親近的另位是台南新營人：阿盛，本名：楊敏盛。首篇散文〈廁所的故事〉，至今依然是久久未忘的絕佳名作，四十年後回想，三位都好吧？

交換心事……我們的人生悲歡與同是否？

從風花雪月、濫情蒼白，文學初習的七〇年代，經由美麗島事件的思想轉折，八〇年代後，以台灣土地、人民的悲歡離合、外省老兵的飄零和鄉愁作題，純粹試圖呈現島國台灣紀實，竟被解讀是「異端」？我沉定堅執持續。

蔡文甫先生卻是在八〇年代的九歌，毫不質疑、畏懼地為我出版了：《千手觀音》、《寂靜的航道》、《撫琴人》、《無言歌》四本散文書；且在他主舵的《中華副刊》一再發表我那「異端」的文字，也從不教正我這天真、愚癡，一廂情願的晚輩，什麼可寫，何不能寫？像父執輩一樣寬容與溫暖的全然接納。……很想請問蔡先生：是否惦念也曾是小說家的從前？從副刊主編到出版社發行人，造就了無數作家、組匯了大山大海的文學巨流河。

詩集：《騎黥少年》初集詩人，四十年後怎成了我三月一次必須問診的眼科醫師陳克華？送我詩集的王浩威三十年前在花蓮陳列家送我：《獻給雨季的歌》，那時筆名叫：譚石。往後請教時而憂鬱、強迫症問題，他都不厭其煩地為我解惑……因為文學，是相與的信實。

霧社夏晨湖山朦雲如水墨風景……復興文藝營早課，散文組學員之我反是脫班去小說組聽課，只因為傾慕：朱西甯老師。那是拜讀皇冠版《鐵漿》、《冶金者》二書後的震撼。帥氣、儒雅的朱老師暫不說文學，反倒手指教室窗外靜靜地說——人生啊，霧裡看花，最美！

十年之後，讀的是老師女兒天文和天心的青春小說。時而思索著，有位卓越的作家父親、翻譯者母親的後代創作人，她們的生命啟蒙與護持應是多麼穩健而沉定。文化中國、日本美學，張愛玲、胡蘭成……《三三集刊》的美質；我的文學形成，沒有朱家姊妹的幸運。

相知疼惜的文學摯友：王定國連獲時報、聯合小說獎，竟然託我代領獎項？陳信元自創的蘭亭書店出版第一本小說集正是他的《離鄉遺事》。這位我一生最早熟識的同輩豪筆，靜謐少言，落筆壯闊萬千，護持我的溫暖無限。他鍾愛東西兩人——川端康成以及賈西亞・馬奎斯，但看小說〈在湖城的歐陽〉，不就是向川端致敬的和式書寫嗎？反是才情縱橫的：張大春小說〈將軍碑〉，十足馬奎斯傳世傑作《百年孤寂》東方版，至美的「魔幻寫實」。

魔幻寫實？西洋美術畫冊中，宗教題材的聖母聖子以濃烈、飽合的油彩呈現無比的純淨與虔誠；五百年前的拉斐爾相信，米開蘭基羅疑惑……如果用文學書寫，只能相信不容疑惑，揣臆那時代手持鵝毛筆沾墨，應如何表達內心信實的真情或背叛？於是借以更遙遠千年前遊唱詩人吟詠的神話，隱含當代的荒謬、制約、壓迫的轉折，形為虛構的後世小說。

詩的貴族：我是羅智成、楊澤的忠實讀者，西方修道院流洄的詩歌韻律，他倆深諳且精妙的獨創融合東西思潮、文哲兼華的美學。

詩的庶民：向陽、劉克襄，熟稔的知心老友了，前者：《土地的歌》，後者：《漂鳥的故鄉》，呼應散文之我的台灣紀實，皆好詩。

美學？貴族古代的華麗，思索浮現文字，切合我落筆直覺，是影像，是樂曲，是畫面。

庶民？世間多樣的人性，栩栩如生的冷熱交互，收筆片刻，如若輕慢，我是否太殘忍？

書寫稍停，習慣閱賞畫冊，避讀文學書。近代中國藝術，我傾往：林風眠。引領我深切了解一代宗師的林先生在杭州美專的學生：席德進。師生三十年後時香港重逢，學生決定為老師編撰畫集，介紹給陌生少識的台灣讀者。一九〇〇年出生的廣東人，法國七年雋習藝事，水墨傳統中國的革新者，文革黑暗時期坐牛棚，紅衛兵焚燒去林風眠千幅畫作……顏彩華麗似貴族，謙沖和藹是庶民，生命凜然如大河小說！

摯友李昂不也是凜然以小說：《殺夫》勇健地護持女性的尊嚴嗎？被爭議、批判，印證文學的虔誠與真心，是我們同一代人的力求突破、創新與深思的致意。無關於七〇年代末被政治汙名化的「鄉土文學」論戰之餘緒。

散文呢？回到自我的思考，原鄉尋求再認識、學習的旅行探索，是否有所精進？不是依附彼時潮湧風行的「報導文學」，我愛讀小說的多彩、新詩的溫潤，更自求散文的再壯闊。

——二〇二三年七月十七日《人間副刊》

雪歌

因為那首日語演歌：津輕海峽冬之景色。耶誕夜，向晚從東京羽田機場搭乘日航班機抵達仙台，學院年代的同學伴我同行，任職於電通廣告的台南人，他沉定地說——我們渡海去北海道吧，那是蝦夷族的原鄉，真的：雪國。

同學比我更堅執意志，留學東京武藏野藝術大學，且在東京寫真學校研習攝影；笑我怎是著力於文學？我笑答說，考不上文學系吧？同學凜然言之：讀你散文，如歷其境，很好。

這是冬寒送暖的安慰。只有我自知，夜未眠的專志書寫，其實僅是純粹抒懷；淺識且沉鬱之我，手寫文字，試圖尋求散文更大的可能……時而懷疑，時而焦慮，什麼是真的可能？

夜雪紛紛落著，沉默白茫茫如花凋落冬雪。耶誕夜是生辰時分，那孤寂與寥然，幸好有昔年同學相伴，否則怎有勇氣渡海到更北方？

仙台？不就是魯迅先生青春習醫的所在？登船前在碼頭喫了一碗熱呼呼拉麵，撒上香醇的：辛辣七味、粉紅薑片。問同學，七味何意？他笑答如說禪——貪、嗔、癡：3。安、福、定、悅：4。薑片粉紅，要你夕看霞色多美麗。

連絡船夜渡輕津海峽，出航時刻，煙火碰然初放，璀燦亮麗地在雪夜天空綻開，倚著甲板船舷，我竟然盈淚了；同學買來兩瓶吟釀，互敬，歡喜笑靨高呼——生日快樂！（日語）

反問同學：日本生活，你，快樂嗎？

剎那凝滯，同學苦笑的臉顏，很疲倦啊！

——你，一定要為我寫一段辛苦的日子。

——說吧，留學日本，何以苦悶？

——初來時打工，送報、餐廳洗碗。

——能成為「電通」職員，可不容易哦。

——有意思的，是奉命去拍攝寫真集。

——哦，漂亮的美女模特兒，何樂不為？

——哈哈，證明你是好色男，OK！

海峽一片黑，潮音洶湧，吟釀入口，如若醺醉，跳海死去……是幸福，或是不幸呢？我很想這樣問他，又吞嚥下去，煙火如夢虛幻。

回家後，我的散文將要如何書寫？說起在東京港灣遊樂場，纜車升到最高處，模特兒十九歲女孩脫掉衣褸，全身裸露的嬌羞狀，他心如止水的按下相機快門！

——不心動嗎？美麗的青春女體。

——那是工作。我視她像自家妹妹。

——這是小說好主題，如：川端康成。

——不，不！川端含蓄，谷崎潤一郎才是；太宰治不必驚，他是行動派，一定求歡！

我，不諳小說，如若來寫，驚心動魄。

津輕海峽冬之景色。不諳日語之我，至少記得曲調，不由然哼出旋律，同學隨口唱了起來……比生日快樂歌還要美麗之歌，我感動。

渡海，妳用歌聲陪伴
我沉鬱之心不寂寞
如若紛紛夜雪
是妳獻以白花朵
夢吧？我們在未來相見
還是少女我已滄桑
妳？夢中曾經等待

夢中曾經等待？應該是記憶恍惚、自以為是此生曾經認為最深愛的人吧？漸去漸遠的想忘又難忘的愛，留情太苦，忘情又殘忍；稀微的不知所然萌生的孤寂，不寫作時就唱歌吧，唱給記憶若有似無的那個人。我記得我記得，年少時兀見窗邊獨酌沉默的父親，向來感覺疏離、嚴肅的父親，低吭的吟唱竟是如此溫柔？殖民地半世紀的日本生活，以著我不諳的語言，他也曾經有過初戀是否？

遙遠的昭和時代，青春烈愛的大稻埕茶商小夥計，從台中廳清水郡前來的少年之夢，曾經有過怎樣的等待？生到死，我都不曾去探究、索引、尋求……陌生得猶若他人的故事。

美空雲雀的演歌，我不陌生，那是母親最愛，時而片段哼出的曲韻——花笠道中、柔、港町十三番地、愛的曼珠沙華……反倒熟稔日本原曲填詞改編的台語歌謠，紀露霞、陳芬蘭都唱過，聽啊聽的，至今我仍能朗朗上口。

日本演歌，難道就是向來疏離、陌生的父母，他與她的鄉愁，殖民時代未忘的眷戀？憾然地，父母自始不瞭解我，我也不懂他們……也許共識的是那淒美、深情的日本演歌，真是曲韻幽柔，我不諳歌詞，卻沉醉如酒的華麗。

耶誕夜，津輕連絡船帶我橫渡海峽。

同學在大通鋪沉睡了，想見東京廣告公司的攝影工作奔忙，抽空伴我的情意，告假三天帶我渡海到北海道。我推門而出，倚靠甲板欄杆，靜靜看海，只因船室大群旅客夜深仍喧譁（耶誕夜的歡悅？）小孩喫蛋糕，大人互敬吟釀，為我慶生日，也為耶穌，感謝了。

回台灣之後，散文是否應該虔誠寫下？夜黑，其實什麼都看不見，潮音轟然伴奏渡輪沉沉引擎聲；深濃濛霧，我在何處？隨身橫掛的書包裡，空白的筆記本與筆，彷彿迷魅般呼喚：何以不寫下幾段感思，為什麼不？

猛烈、洶湧的浪濤搖晃船身，緊握鋼鐵欄杆，這甲板白茫茫……冬雪暫止，夜霧侵入，我這南下數千海里的異鄉旅人，如若未來書寫渡海夜航，文字是怎般地呈現那孤寂卻似乎喜悅輕微的，未眠但如在夢境的幽然情境？

倦眼回眸，同學什麼時候醒來了？手持茶色栗子蛋糕，上插小紅燭，肘挾兩瓶麒麟啤酒，近身高呼——阿義啊，生日快樂！似乎大通鋪的旅客也三五出甲板，他們用英文歡呼——耶誕快樂！船上播音出聲，一連串日語我聽不懂，同學笑說——這首歌你一定喜愛，石川小百合首唱的：津輕海峽冬之景色。歌詞是：

走出上野出發的夜班列車的那一刻，覆蓋在雪中的青森站已在眼前；回去北方的人群沉默無語，獨自一人，上了渡輪，靜靜聽著只有海濤的潮聲。他們指著窗外龍飛岬已經是北方的盡頭？再見，我的愛人，我回去了……。

那真是北方的盡頭嗎？啊，雪落紛紛。

——二〇二二年九月七日《人間副刊》

虛構與信實

編輯室。我們在送出星期五、包含周六、日、一的新聞版面後，大約喝完幾手啤酒，原是放鬆，終得完成慣性編與寫的工作後，怎麼竟然從微笑、快意，轉變成微慍的爭辯？

鄭芝龍？這少年海盜、晚年被中國晚明收編、再被清初抄家滅族；貽害兒子鄭成功（森）的父親，精於算計，聰明反被聰明誤？如果不向大陸統治者歸順，難道一生只能漂流在海上？好了，今晚編輯室的話題竟然爭論相異？

什麼時候，歷史學系教授來到編輯室？日本東京大學、美國史丹佛大學取得博士學位返台在大學執教的菁英，酒後從互問、互答，續而對比觀點，剎那拉開的訝異、質疑——不是的，不是這樣……不是這樣，那應該怎般才是？我沒有他們的高學歷，只能靜默傾聽。

反思自我：喜歡探索歷史，如若得以文學幻化，揣測、臆想，合應是堂皇的大河小說，詩歌長帖的海闊天空；散文描寫？我沒信心。

晚年被長城南邊的漢人收編、再來是改朝換代後長城北方的女真族命官，竟蒙降將不忠、難以信任的疑惑，滅族了事……一臣奉二君？精算、投機，殺之可矣！謎樣的：鄭芝龍。

——文義，你擅文學，試寫如何？

——大海蒼茫，歷史求實，文學可虛構。

教授先生爭辯後，不約而同的共識如此。

這不是期許，多少帶著輕蔑。文學可虛構。必然，試寫，究竟是求真或是另類場景？

那時，我只思索：小說、詩，未想散文。

試寫小說（未發表）

平戶島，位於日本北九州。我的大哥顏思齊怎麼就在夜酌之後，猝死了？是那潛海採珠之女鯊般地貪求性慾一再索求，抑或是顏兄日常憂思拓墾如原鄉台灣島嶼壯礪的征海大志？精盡人亡？猝死於不語人知的憂鬱？我愛妻房，平戶島田川氏，那膚潤如雪的美麗女子。

夫君，我懷孕了。妻子含羞嬌怯說著，要我擁抱，我深吻櫻唇，我撫吮豐嫩乳房，探索那深谷濕濡的花朵……夫君，我懷孕了……她再說一次，我聽清楚了。如果是男孩，您命名何以？就叫：「森」吧，MORI——大木中的大木，武士裡的武士。妻子潮紅美頰，迷醉了。

夜海拂曉。鄭芝龍，我的名字，說文解字：人鄭重，心如芝芳，壯志是人中之龍。拔起腰間之刀，面向大海，晨光迷霧，我，昂然。

試作新詩（未發表）

霧是隱藏半睡半醒
就怕一去就不回來
抽刀見血如花紅
妳是我最難忘的顏色
平戶島，晶瑩一顆珠
妳是我最愛的寶石
我倆兒子名叫鄭森
失敗？是誰的詛咒
沒用的遜王退避台灣
五個妃子跳井殉國
澈底的死是絕望

明朝最後將軍?

鄭成功抓面血淋淋

學者教授敬謹定論:鄭芝龍之子猝死三九,復明未成的憂鬱,不以配劍刎頸自戕,那是最為殘忍的澈底絕望了!另一教授凜冽直言非是冒犯言以:淫亂荷蘭女子逐夜性慾,梅毒染病,容顏突瘡疼痛,抓面、瘋狂、號叫猝死?遜王賜名:成功。事實:失敗。這民的決絕悲劇,合應歷史小說……但,不能寫。

——文義,你來寫吧,敢不敢?別怕「民族英雄」被汙名,那是事實,也是人性。

——文義,你不能寫!眾說紛紜,海盜之子鄭芝龍惡名汙染兒子,那是鄭成功的不幸。

東京大學對抗史丹佛?扶桑之國與北美西岸學者相異爭辯(學術的:珍珠港偷襲?)!卑微、僅是專科學歷的我,只能默言苦笑,訕訕然地向兩位向來敬慕的教授說——我不能。

編輯室沉寂。人類學系出身的漂亮女編輯為我解圍——老師，請別為難主編，他不寫小說，摯著散文；是否小說相同語境猶若馬奎斯《迷宮中的將軍》？比歷史更真切的文學！

比歷史更真切的文學！她說服兩位教授。

那是八〇年代、九〇年代交壤副刊主編接任初時的記憶了……縱談鄭成功多，辯證鄭芝龍少，容我學習、深思，十五年後，我研習小說，就在二〇〇二年以《藍眼睛》印刻版寫下——

鄭芝龍，這個少年時代與顏思齊等人為莫逆，從事海盜掠奪乃至於為中國明朝所收編，縱橫南到暹邏，北到日本、朝鮮海域之霸主，斷不會讓曾經劫掠過他商船的這艘西班牙流亡之船逃離掌握。他目光如炬如準確的獵鷹，恨意與狂傲像獅子，嗜血之心若殘暴的鯊魚……鄭芝龍永遠不認識紀梵希。紀梵希也永遠不知道誰是鄭芝龍。兩個由於歷史的偶然而敵對的東、西海盜，也許百年之後，他們的後代會追尋此一海上戰役，都已是殘存的深海記事……歷史僅是往後百年的揣測，文學亦然。也許三百年後，有個作家在他狹隘的書房角落，在黑夜與白日接壤之時，香菸一根接著一根，兀自構想，沉思此一虛擬之海戰，不也是荒謬、可笑的自瀆？

難道只能以小說完成，而不能以散文敘述嗎？八〇年代末副刊編輯室，兩位留學東、西的歷史學者，不經意的辯論，反倒成為我在此後續之人民、土地的島鄉書寫外，想到歷史的必要描述……小說虛構，事實比歷史還真切。

相信不相信？可能不可能？如果不小說不史詩，散文作題，我該如何落筆？記者初任副刊編輯，自許是：純粹讀者。敬謹拜讀眾家文學豪筆佳作，虛構與信實，猶若百花盛開；鄭芝龍縱橫大海，那壯闊豪情，我以文學敬習。

——二〇二三年四月二十七日《人間副刊》

三十二開本

捲菸，彷彿捏土雕塑的手姿。抹油的不馴黑髮、鼻與唇之間的小鬍子，他很安靜；但見拿出豆腐塊大小四方型白紙，以為要寫詩，卻指皮包中的一撮褐色草葉，撫娑般溫柔的摺紙、拉長、沉定的細長圓形捲菸瞬間完成了。

詹姆斯狄恩的東方典型是捲菸人嗎？或者一襲米色卡其大衣，閃入編輯室，就剎那轉身為手持菸斗的：狄鮑嘉……烈日下機車狂飆的少年狄恩、夜雨中獨佇倫敦街燈邊沉思的狄鮑嘉都彷如孿生兄弟，那麼告訴我：你，是誰？

突兀地，你問我一個出版關於開本的問題：三十二、二十五，書籍的裝幀意義是什麼？猶若評比清瘦與豐腴的女子身材，我沒有直覺回答，順手案頭抓一張白紙，畫了兩個長髮女裸體，一胖一瘦、一高一矮，反問他怎麼答說？

魔術師似的笑而不語，帶些詭譎神色，隨手捏隻紙菸，丟給我。咔嚓——俐落為我點菸，熱炙閃灼，火紅菸頭閃了幾下，意在不言中吧？美術編輯另一角色，難道是古代巫師？

如果在雨夜倫敦街燈邊，點燃一根捲菸，或者塞把菸草入菸斗，呼出的茫白菸氣，是否正是一次回答：相異的書版本，三十二與二十五各具情趣，是捉摸不定的青春愛情嗎？或其他？

——你，穿米色卡其大衣，有型！

——別岔題，我問你書版本三十二、二十五，舊式和新穎，何種適宜你啊，直說不諱。

——三十二開本，可以置入大衣口袋。

——好！舊情懷的依戀，我想也如是。

——手感握書靜靜翻閱，喜歡這感覺。

——愛情也是嗎？靜靜地未想性慾？

——咖啡與酒的分野，沒愛就不必性了。

——可見，你這人戀文學，情慾是其次。

八〇年代的一次對話，十年後，這人出版了小說集：《雨中的咖啡館》囑我書序，我毫不猶豫地直覺如是寫下——

讀小說，有如在遙遠的時光中旅行。他的小說，則充滿著異質與冷寂的情趣；難以定位、分類他的文學形式，散文般夾帶詩與圖像，好像看見了芥川龍之介與亨利米勒之合體，有時候，又彷彿京都的櫻花悄然飄落在倫敦多霧的街角……他的文學思考，大多來自於童年時代的高雄。孩子與港灣、船舶和母親等等的記憶，還有成年之後的台北經驗……比起昔時，我喜歡他年少的激越、不馴。早年偏愛他的攝影，在台北，這個令人又愛又恨的都市，用他異質、迷人的文筆，寫出青春年代的某種情懷，包含著真情、荒謬、迷幻、稀微……那已不再只是個人思考，而是我們八〇年代，走過的愉悅與悲愁。有時，覺得一下子彷佛又不認識他了，有時，會靜靜翻看他的書，充滿了某種惦念；也有一天，與他在夜深的台北某個街角的咖啡店，剛好窗外飄著冷雨，抽他的捲菸，談起他這本小說，相信，會是一次美好而深邃的生命經驗。

序文摘錄，作者：陳輝龍。皇冠版昔書。記憶的容顏還是八〇年代的微笑和矜持，他還記得我嗎？如若今時重逢，究竟要怎般對話？空缺三十多年的生命流程，幸或不幸、悲歡離合，人生艱難或澈悟虛幻的自求安頓？留下的反倒是書版喜愛：三十二、二十五開本的互問。

——可見，你這人戀文學，情慾是其次。

一直一直的，我牢記陳輝龍這一句話。

是逃避或是執著？敬謹如身臨聖殿。情慾人間事，文學比宗教還永恆，這是我的信念；他說中我心的節點，不答辯，不疑惑，只是時而捫心自問：我是怎樣的一個人？忠誠於文學，怯懦於情慾？天上人間，存活意義的深思。

厭惡：夢，寧可直面現實。支離片段、破碎支離……其實睡夢乍醒，怎麼都想不起夢中情境何如？一再索憶，空白一片……似乎自嘲的滯然苦澀，昔時，做錯了什麼？那是錯嗎？三十二開本書版可置入米色卡其大衣口袋，二十五開本小說只能塞進頹廢的書包？揣臆一本三十二開的筆記本，空白紙頁，手筆能真切寫些什麼？自艾自憐的剎那感觸、想忘又忘不了的從前回憶、倦眼回眸的告解或答辯……青春提問晚秋：怎麼生命是難以掌握？在最悲哀的時刻，胃出血排便儘是墨黑，老友王定國從兩百里外的中台灣來話問說——何以要自責？隨後寄來昂貴法國胃乳一整箱，而後我去了太平洋對岸的美國西岸，彼時異常沉默。

沉默。意味八〇年代中期，我一無所有。

所有答辯、告解，都不再有任何意義了。

凌遲之夢，殘酷的是必然面對的現實！

羅丹雕塑：沉思者。每天我向著那沉甸的巨大銅雕，想著他如何負情卡蜜兒？不知名的飛鳥啁啾站在沉思者頭像上撒白屎，是嘲笑還是不忍？卡蜜兒瘋了，愛，是如此的殘忍！

我想著，隨身三十二開本筆記應當如何書寫？史丹佛大學的自我放逐，圖書館研究室桌間堆積的台灣近代史書，能救贖沉鬱難言的內在苦楚嗎？究竟是逃避，還是進取，我懷疑。

臨別時才猛然察覺，一直就沒有上去過胡佛塔，就在東亞圖書館的旁邊。花了一塊錢，跟著慕名而至的遊客，六人一組乘著電梯直到頂端，史丹佛大學全景在望，還有不遠的帕拉亞多，次遠的遼闊的山脈、大地。而更遠的，是在陽光下漾藍的太平洋，我的故鄉就在太平洋最西方的邊緣海域，那是我的來處……將詩人向陽所贈的手記本輕輕闔上，扉頁裡夾著一片紫紅楓葉，是陳芳明夫人送的，說是去年深秋時家門口那株楓樹飄墜下來的；手記中寫著我在這兒的些許感觸，我會帶這些文字回家。

手記三十二開本，我喜歡這樣大小，憶起那異質的小說家，留著小鬍子，捲菸遞來，問起版本相異的抉擇，如同人生起落，我記得。

——二〇二二年七月十二日《人間副刊》

罌粟花的邀請

思考了很久，我有件事想跟你談。

報社午後還未到正式上班時間，位在二樓政治經濟研究室，早到的對座同事，正色地輕聲向我說：不像日常坐下，客套的招呼問候。

方剛解除長達三十八年、舉世最長的獨裁體制戒嚴結束，相對報禁、黨禁開放，似乎可以真切期待言論自由得以海闊天空的未來，我們投身在此一新創的早報，展翅盼高飛。

你，曾經採訪內戰的巴爾幹半島、東帝汶，是否考慮過再去一個很有意思的地方？

有意思的地方？從前啊，因為黨外運動，離開體制內生活安穩的報社，失業了，任職國外通訊社的同學不忍，邀我加入團隊……其實彼時我的人生無路可出，是無奈自我放逐。

思考了很久，覺得用文學來寫，你適合。

有意思的地方……請問，是哪裡？

金三角。柏老（楊）寫過的《異域》。

被國民黨辜負、拋棄的孤軍，有何可寫？

不一樣。他們來問，找一個可寫傳記的人；溫潤的文學作題，不是新聞記者的口述訪談，傳奇的生命歷程，真切深入描寫，你可以。

李彌將軍嗎？早就被很多人寫過了！

他們將支付你一筆最高酬勞，一本書完成，不只是中文版權，會英譯發行西方世界；我和幾位媒體前輩討論何者最宜，感性用筆，不是小說，你的散文方式應該他們可以接受。

傳記不就是：報導文學？請教高信疆、陳映真先生吧，也許他們會推薦：李利國、古蒙仁、陳銘磻或藍博洲、楊渡……都是好筆啊。

……（沉默）我說了，他們不要報導（些微激動）！感性散文體才能說服
讀者，不然我為什麼要推薦你？莫非是害怕去那地方？
我？如果答應了，就必須去：金三角？
你，要和傳主面對，他們要求住一個月。
他，到底是誰？不是孤軍領袖，是誰？
坤沙將軍。怎麼樣，你敢不敢寫他？

懦弱如我
詩人嘲諷
四十年後
不忘詩社
恩怨情仇

我是懦弱

諍言彷彿
難怪詩人
久不寫詩
傷心惋惜
美麗訣別

懦弱如我
不是害怕
心已寒冷
不知所措
羞愧低頭

同事好意，我負了盛情，終究未應允此一詢問；印證我膽怯、懦弱，不敢親赴「金三角」的極好傳記書寫。坤沙將軍，事實是敬仰的名字，猶若李彌率領的孤軍在「美思樂」？中國、緬甸邊境雨林鬼魅般夜夢傷楚的無鄉可回，他們要返鄉啊，幾人遠離最近原鄉的中國雲南？台灣是更遙遠的異地，比異域更陌生。

美思樂？美麗、情思、快樂……May's Lo英法文譯華文的自我嘲諷吧？自然山景雨美，毒蛇、猛獸、暴雨、濛霧……李彌孤軍勇敢擊退緬甸軍隊，事實不是光榮，國民黨侵占人家的北方領域，自以為是「反共」義舉，利用這群懷鄉、無助的最後軍隊，很殘忍、很可惡！

婉拒同事，回家夜讀柏楊名著：《異域》。小說主角：鄧克保是誰？讀完全書，我流淚。坤沙將軍，這中緬混血男子，艱苦率領數萬部眾，據土另成堅實領域，如何生養？開莽林，種罌粟，那橙紅如陽光的花朵，可作海洛英。

如果勇於面見，我用散文將如何書寫？

一直成為心事。終於忍不住求見尊敬的：柏楊（郭衣洞）先生。台北新店與烏來交壤的山間雅居：花園新城。香華夫人倒茶遞來。

金三角，柏老去過。如果我也去寫一人，那是：坤沙將軍，您以為否？

文義啊，那是海洛英產地，不能啊！

柏老，是我懦弱吧？害怕未竟的面對。

懦弱有何不可？那繁複你難以承擔，如果你向他問起海洛英毒害世人，那是危機潛伏。

但是，金三角，多少我興趣那地方。

興趣？一不留意挨槍彈！何必如此？

因為柏老凜冽斷言，我終能心無掛罣了。

回台北市區的路上，反倒思索著，如果柏老曾去金三角巧遇傳奇的坤沙將軍，他們將是如何對話？也許側眼看著滿山遍野盛開的罌粟花，那橙紅花瓣似血，可煉製害人的海洛英。

面見柏老三十年後的悠遠再想起，逝前簽贈我一本林白版散文書：《帶箭怒飛》，意有所指的疼惜說道——文義啊，我們都是那隻被箭射傷而未拔除療癒的孤寂之雁，還是要抵死不從地高飛；安心寫作，那是文學的允諾。

懦弱如我
時而思索
迷霧如夢
旅途未竟
害怕什麼

罌粟花開
美麗蒼茫
三千里外
將軍傳記
誰人書寫
那不是我

懦弱如我

遺憾錯過
夢不值得
何人贈我
罌粟花朵

——二〇二二年十月十日《自由副刊》

松山飛水湳

我欲乘風歸去，唯恐瓊樓玉宇，高處不勝寒……

——宋・蘇軾

如果是飛鳥，只要半小時；行路的陸地不被阻塞，再快，也要四倍時間，子夜急奔。

家居外出右側大街直行就是首都航空站，從日本領台年代就存在的：飛行場。不陌生，童少從大稻埕移居北淡線鐵道近中山北路三段，昔之日本大使館名之：「晴園」就在對街，我直走農安街到盡頭，爬登今之：新生北路，昔之：瑠公圳小河，放眼望去就是壯闊田野。

稻江家職。是少年不諳情慾卻時而夜眠昂起不解何以？成淵中學男生，稻江家職女生隔著瑠公圳兩岸對看，羞紅些微，不知怎麼回事的心跳，那時怎未學會好好寫封情書呢？

不是貪看少女美顏，越過被習稱喻為「新娘養成所」的貴族女校，豪麗雅緻；那建築背後雜樹田壟間異樣閃光的燈架，才是彷彿少年探索的究竟？抵達方知，那是導航的閃光指引，遠方而來的客機，得以安然自在的降落。

少年的我，常去導航燈尾端跑道看飛機。

十六歲。阿嬤帶我首搭飛機，花蓮小旅。

記憶，都留在往後散文裡，我，很珍惜。

松山機場在台北市敦化北路底，水湳機場在台中……三十分鐘飛航，近兩百公里。五十人座荷蘭製造的雙螺槳，名之：福克五十。航空公司叫：永興。我認識的醫師朋友陳永興同名，精湛的身心科專業，不曾去問診，如同往後詩社同仁：王浩威，我的長年憂鬱症，就怕識友遺笑，是情怯還是懦弱，如果還要寫作？

福克？不解機型命名，荷蘭語怎麼用音，英語念起彷彿罵人髒話……性之強暴？但我安然登機，像鴿子般溫柔的遊舫悠然、安宜的入座，三十分鐘航程飛翔，一杯咖啡未喝完，機長廣播了——各位旅客，我們已到苗栗上空，即將低飛降落台中水湳機場，請繫上安全帶。

雲之上，地之下……意識提醒，舉杯近唇喝完這微溫咖啡；近窗下看一條蜿蜒長河，是大安或大甲溪呢？鐵鉆山在右，火焰山在左，低飛的小飛機如飄搖的風箏輕輕搖晃，偏翼，不見天，綠鬱田野、農舍猛然挪近……？不免一陣心悸！日本作家向田邦子不就在初旅台灣的島內班機在苗栗上空解體殉身最後剎見如是？

我去台中為什麼？小說家約我去喝酒。

喝酒約定最快意

歡聚一朵花

不看女色說文學

或者交換一封信
夢就借寫字完成

互問近時寫什麼
不回答敬一杯酒
我們還年輕
要美麗不憂愁

放懷回眸……
說年輕心已倦
還是看飛鳥想念
愛與美的少年？
告訴我是不是

不解且難忘，某次大雨傾盆午後，那架親炙、熟稔的福克五十在水湳停機坪濕濡靜候；住在東海大學對街的詩人摯友開車送我到機場，慧黠的他穩健手握方向盤，老台中人自信的解說名之：「水湳」的由來。日本時代，竟然是零式戰鬥機基地，南飛自殺撞毀米國軍艦！我佩服這祖籍中國東北的滿族後裔，竟然深諳台灣近代史，落筆凌厲的政治詩、隨筆都好。

更久遠之前，那是漫漫田野間的湖泊吧？容以灌溉良田千頃，休耕夜歇，但仰望明月正好，漢塾教師引以蘇軾（東坡）名詩備課翌日，相信百年前清代移民先人如歌吟詠著——明月幾時有，把酒問青天，不知天上宮闕，今夕是何年……但願人長久，千里共嬋娟。

與我同歲的鄧麗君之歌，台中小酒店，小說家和我把盞言歡；古文學是如此之永恆，美麗而不哀傷，猶像午後小客機從松山飛到水湳的三十分短暫時光，臨窗左見：大霸尖山，坐右：台灣海峽，綠、藍平原地帶靜好的城鎮；擁擠島民，不衝突不爭論，安然工作、歇息。

翌日，猶若昨夜酒歌後微醺借住詩人雅居再續，深眠醒來後窗外大雨；他清明地遞我熱茶解酒，安穩靜定開車送我抵達返北的水湳機場……倦意些許地等到登機時刻，航空公司職員近身低語——有某位先生在雨中機翼下持傘等我相偕入座……是我朋友嗎？他笑而不答。

面見，知人不相識。他怎會熟稔我？林先生，我常拜讀您的散文，有幸今時同一班飛機回台北，很歡喜。他，也讀文學，政治人物？是低估或是誤認，不解且難忘，時而憶及且惑然自我的迷思嗎？政客不讀文學只為權勢？這是我的偏見，身在媒體工作，如置透明盒中，想到在雨中持傘等候招呼之人，親切而溫暖，他時任：內政部長……。

螺旋槳引擎轟鳴，機身加快滑行速度，那人從前座側過頭來，再致意的頷首，我揮手回禮；是啊，相逢何必曾相識？一見就好。

倚窗回望，台中市中心高樓漸去漸遠，小說家從他房地產企劃公司總裁室落地窗，是否偶抬眼，看見逐漸爬升北返的小客機？憶及昨夜酒聚，不談文學，反是關心我忽而「失蹤」的理由；詩人則是多少隱藏欲言又止的心事，體貼地不埋怨詩社終結，我也簽署同意名字……前關心後未問，都是生命過程的某種包容與體恤。

也許，相惜都是眷愛文學，感謝包容我。

半小時飛鳥如是之心，回家後日常循序的手記，我將如何寫下懺悔與愧疚？飛鳥迷路了，明明無能高飛，卻不馴試圖穿雲射日，猶若宋詞那句警言雅詩——唯恐瓊樓玉宇，高處不勝寒……。向晚近夜，看見遠處觀音山黑的剪影、灰的淡水河，滿城亮起的燈火如星；回到台北了，逐漸降低飛行高度，忽萌憾意，為什麼昨夜台中，未和老友談文學，再見待何時？

——二〇二二年十一月二十三日《自由副刊》

月光下，我記得

他們說我失蹤了。為了寫作暫別島鄉，避開熟稔，前去異國陌生；事實是在離開家人、友朋最近的地方，胃出血，醫師診斷竟是由於長年的憂鬱和壓抑？……你啊，一定有心事，何以不說？我苦笑回答不是身心精神科的醫師——只要把我胃出血醫好就感謝了。

方從北美洲西岸回來，遊學尋之台灣四百年史之我，深思多年以來現實中不語人知的苦澀，就連最親近之人都陌生疏離？誰都沒錯，只是殘酷明白，原來本就是兩條全然相異而不交會，也可能價值觀完全不同認知；恍然大悟的通透了解，應該是誠實告別的時候了。

他們說我失蹤了？親愛的朋友，也許突然斷絕聯絡（電話或書信），我人在台北東區忠孝東路、復興北路交叉口大樓一處沒電話、無電視、冰箱，只有夜燈暈亮的小套房；兀自反思我的錯謬與紛亂，是任性或是誠實？一九八六年秋深，比冬冷還要凜冽的心情，寧願死去。

摯友王定國為我一九八八年七月光復書局版的：《從淡水河出發》書序竟以「失蹤」作題，應該也是揣臆且關懷的，失蹤因由何以——

一個深春的夜晚，突然接到一通台北的長途電話，電話彼端的人，語音短促嚴肅，發問中帶著一點淒涼茫然，打聽著林文義這個人。「他到底在什麼地方？他到底在做什麼？」商人的寓所，台中，接電話的我比對方更茫然。有人向商人詢探作家的行蹤，就好比商人向作家打聽現階段水泥批發價的行情一樣。我愕在那裡。時間是一九八七年，憑著紛繁的台北印象——諸如民進黨、作家形態變化或台灣歸路的老問題等等，我告訴對方，他大概躲了起來，在忙著他的理想吧！……

知心的文學老友，俠女：鄭羽書猶若複刻版將她困難、憂傷時候隱藏自己的地方轉租予我。入住之日，手持泡麵、紙筆，笑著安慰我不知所措的鬱悶說——您，安心，好好寫作。

窗外是夜月皎亮，我靜看月光心靜下來。是啊，月光下，我記得，自閉的時刻。如果我外出散步，你是否會巧遇我？月光下，沉定胃出血，依然懺情之人；除了潛心、用力寫作，感覺自己一無所有……。

那是我人生最灰黯、放逐的歲月。王定國寄來一大箱昂貴的法國胃乳，逐日服食，助我恢復了胃出血的鬱結，很感謝。

鄭羽書不時關照——文義，你，好好的。月光偶有雨掩霧濛之時，記得是，溫暖。文學，永遠是最好的良方。不會傷害，只有靜好的親近、依偎，彷彿永恆的戀人……。

夢，迷魅於歇筆入眠的深睡，帶我悄然回到太平洋彼岸的大學，帕拉亞多小鎮的大學城，我抵達時，陳秋坤、林馨琴伉儷留給我一部腳踏車，秋坤兄彼時取得博士學位，夫妻即將返回台灣，我赴美時方識，他倆卻如此貼心。

異鄉寄旅，月光下，我記得。鄉愁浮現是思念太平洋萬里外原鄉幼稚的兒女，不免垂淚；失敗的父親是我，任性而率直的暫別哀傷。

兒女一定疑惑，問心：爸爸怎麼失蹤了？

彼時他們還未諳人事，爸爸對不起啊！

任性、率直之我，果真是被詰責是個「自私」之人……疏離而陌生那人，言之有理；日常手記彼時與孤寂對話，猶如臨鏡自照——

胡佛塔下廣場那低首沉思者，羅丹銅雕，我坐在座下亦然沉思；想著短暫放逐所為何來？是逃避或是反省盲點，尋求一己之私的文學更精進的用心或祈盼另一次生命的淨化、洗濯？想一想。

嚮往靜美安宜的家庭生活，相愛相惜的攜手老去，培育兒女長大，完成人生宿願的終究圓滿，是否抵達？若無能做到，要漫然得過且過或選擇：誠實？捫心自問：真正彼此了解嗎？如此陌生。

完美主義？別自欺欺人了，世間哪有絕對完美？只有文學的讀與寫才可接近人與神之間的天問，那麼真有存在神降臨時，祂將開示什麼？問神文學如何尋求更高標準的尺度或讀與寫必備的虔敬之心？神也讀寫文學嗎？我懷疑。

再看一次沉思者銅雕，想請教創作者羅丹，是您背叛了卡蜜兒的愛情抑或是懼怕她未來比您更有懾人才氣？沉思者以手抵頷，默然未語，那麼就由文學多般揣測，羅丹完成藝術，卡蜜兒則因愛情幻滅被送入精神病院，憂鬱死去。

手記片段，異國隨筆……一九八七年帕拉亞多小鎮大學城校舍，我如此描寫，自信比宗教的：《聖經》還深切。如果真有神審核我日常手記，一定判決我下地獄，天堂不容我進去。

月光再美，也是他鄉異地的陌生，遙遠的光年距離；親近的是我隱居離家不遠的所在，勤寫了三本散文集，手寫己心，不小說虛構，非新詩迷離……夜未眠，如豆孤燈下，偶仰首但見月光俯照，伴我這夜梟般地不渝書寫，主題儘是人間滄桑事。

歇筆，下樓散步。巷弄裡的蚵仔大腸麵線、二一六巷的關東煮、肉焿和滷味、山東水餃伴酸辣湯，真是撫慰的美食……我猶若孤星一枚，慢行在忠孝東路四段，遊魂似幽靈，以為沒有識者巧遇，老友詩人陳義芝竟找到我，雅意約我午餐。彼時他在聯合報副刊工作，餐館對坐，微笑少語，只說——你的心情我懂得，老朋友啊，安心寫作，沉鬱，也要好好的生活。

送我詩集，慰我憂愁，一切都在不言中。

沉鬱而憂愁，最灰黯的八〇年代中期，我不渝寫作，以為胃出血死去亦可……只告訴任性、率直、不馴的自己，文學還在不可餒志！

太平洋兩岸的追憶，月光下，我記得。

——二〇二三年三月十六日《自由副刊》

天鵝

此去西方，一路白骨
再來紅塵，滿眼鮮血

——王孝廉，二〇二二年四月

他從日本福岡回來，滿頭雪般白髮；敬謹手持一九八五洪範版，二〇〇四印刻版小說集《彼岸》請他題字之時又是一隔幾近半生之後了。

初識拜謁的一九八九年，詩人向陽和我抵達日本福岡，約定晚宴酒聚，定要見到：王璇。

筆名：王璇，本名：王孝廉。留學廣島大學，時下執教福岡西南學院，魯迅文學專研之人。通信請益經年，祈請為我人生最黯然時刻堅毅寫就九歌版：《無言歌》作序，他坦誠地寫下如此評言，我敬謹收入，毫不質疑——

他具有下覷紅塵的智慧，卻缺少快刀暫麻的果斷；他既不能像狂者人舟俱毀，又不能像智者解纜放舟，他是屬於解纜放舟而又心隨舟去的舟子……既是自焚，又何必流淚？

這是初見孝廉兄前一年向其索序的的文字，編者執疑怎是負面質問，置於書序可否？我答——這才是明鏡真摯評析，直指我之破缺、落寞，委實是知己之言，我反思，我受教了。

著力於散文，這是我僅能有所把握的書寫情懷。悲歡有時，慍鬱有時，內在和外表分裂有時……不掩飾的天真與幼稚之膚淺，我以此為鏡，更須精進以求。一九八九年夏，有幸與向陽兄受邀參予張良澤任教的日本筑波大學首屆：「台灣文學會議」，自要請益：王孝廉。

早就拜讀：《春帆依舊在》。那是中國時報人間副刊高信疆主編揭開、首創「報導文學」先聲，王孝廉先生以「王璇」筆名寫下：〈春帆依舊在，煙霞對馬關〉、〈落櫻、凋菊、昭和史曉風、殘月、蘆溝橋〉、〈大悲〉三帖歷史回望的凜冽大作，我拜讀，深思且仰望。

言之：「報導文學」，在我學習散文，試圖變易的過程，這猶如是史詩般地無比壯闊，毋寧是啟蒙的驚豔豪筆！百年歷史入散文，隔海北上兩千公里的扶桑異國，千年之前承襲中土唐代最燦爛、華麗的文化典範，難道，我八〇年代試寫島嶼人民、土地的決意，竟然忽略了：歷史。難道，僅是不馴的：台灣意識？

島嶼之夢，夢如何
含悲忍淚儘哀愁
被折斷了香蕉
自以為是鯨魚

苟且偷安多不幸

勤奮的人民
朦昧的島嶼
統治者荒謬大夢
夢想渡海就是完成

中國是狂暴獅子
台灣是霧裡雲豹
原住民笑說早已絕跡
雲豹如何鬥獅子
島嶼一直在憂鬱……

三十三年後，白髮慈眉的王孝廉，來訪桃園南崁我的新居；八旬之年，行動緩慢，意識清晰，凜言：不歇筆。您七旬還年輕，不容退潮失志，再好好寫下去！無言面對。他笑說兒子東山彰良（王震緒）小說榮獲日本直木獎又怎麼樣？新世代的思索，與舊時代無關。舉杯敬他一杯大吟釀，豪情依舊的王璇：王孝廉。

一九八九年夏天，喝完酒翌日，客輪直航瀨戶內海直往：神戶。彷彿一夢，向陽往後如何寫詩，我怎般再續散文？首次品味：黑霧島燒酌，孝廉兄沉靜勉勵——好好寫吧！

好好寫吧，就一直愚癡地一直散文至今。

記憶不忘，如不朽樂曲：天鵝湖。

那靜謐的音樂悠幽，是一再反思的提示，似乎記憶中自始未忘的異國歌劇院，俄國舞者那輕盈曼妙的詮釋手姿，我卻直目那微鬱的美麗眼神，她不微笑也不炫技，只是認真地舞動墊腳、飛揚的手姿……我剎時想及，如若以文字描寫，該怎般詡實地描述那天鵝的哀鬱？

回返島嶼，這是被舉世故作遺忘的，身分未明的「不確定的國家」吧？因之，愚癡地試以漫畫手繪：簡明台灣近代史。自以為是的想當然爾是否？直覺的落筆，真情實意的耽溺，以為留下前所忽略的「歷史」留筆，正確嗎？天鵝之死，天鵝再生？永恆樂曲，猶若夜夢，久久不去的糾葛，美與愛，纏綿不去。

除了寫實，如何走出新意，我自始苦思。

《無言歌》命題，正是生命最不幸福、突圍的呼喚；彼時真切的想到「死」如何抵達？

王孝廉書序，如是祈勉於我——

最近，他來信說又將遠行，希望一個人靜靜地去美國讀些關於歷史方面的書，他說：這般灰暗的日子，隨著我赴美旅行，也要結束了；希望能有一些收獲回來，我希望自己能夠樂觀進取，人生到處有青山，何不善待自己？

堅信：自我的誠實。遠走太平洋彼岸，試圖懺悔己身的傲慢和偏見吧？就在迷思中，我不能怪罪在低潮、沉鬱之時，避開的友群適時的疏離，也許是自我辜負了他人的期許……人性真偽，剎時分曉，世間冷暖，一見明澈。遠行之前，兩封告別信是真切的表白，很遺憾，只有不渝的散文書寫，才是我僅有的存在。

三十三年後，決意成為「脫北者」之我，重逢八旬之年，敬謹請益的：王孝廉先生。彷如隔世的親炙歡喜，他行動緩慢、意志凜然，持酒勉勵：您七旬，還年輕，好好寫下去，不輕言退潮失志。我，無言以對，感懷萬千。

一九八九年夏天，詩人向陽與我在日本福岡初見王孝廉先生；那時我們多麼年輕，文學之夢彷彿瀨戶內海浪潮，綣繾詭譎，再寫再寫，不歇不懼地詩和散文……不負他的祈望。

不忘的，酒聚福岡那夜，星光如此燦爛。

——二〇二二年八月《文訊月刊》

最美麗的沉默

沉默，其實是內在應許
喧譁，是我面對世俗必須
不語險惡人心寧可幼稚天真
傾聽和理解自分明
猶如剝開橘子謹慎
果實分辦，像不像各自人生？

寫下的字，閱讀的書
掩映終是無奈的不幸

一瓣一瓣再一瓣……
放入唇舌的酸甜微澀
驚愕記憶突兀回來
甜橘怎麼有苦味呢？

歇下筆，闔上書
靜止悸動阻絕記憶
往昔回問你不用答話
安靜的，靜靜……
沉默不是抗辯是我真心
凜冽且堅定的：美麗
美麗？如何以文學定義
一本書完成抑或曾經

忘卻不了的遙遠初戀
天真自以為是永恆
幼稚傾往就是那一個人
也許她早已忘了你還存在

存在？幾千光年外
孤寂星雲閃熠如夢
夢是不語的憂傷虔誠
猶若一首寫不完的詩句
妳，還留在記憶殘餘偶而
星光乍閃，想起那一個人
我，事實寧願選擇：遺忘
請妳忘了我

我也忘了妳
海角天涯，一切沉寂
昔時記憶早寫在書中
沉默是終極的美麗

文字是最為誠實的告解
閱讀他人雋永的表白
潛伏初心未忘的青春
天譴或是神啟
夜深人靜夜更深沉
遙敬一杯酒淨心

最美麗的沉默
不發一語是寫字人祕密

聖經如魔幻小說
半是寫實半是疑惑
佛典明言一切無我
古蘭經謙卑只是傳信者

所以我前往幽玄大漠
卻看不見一隻駱駝
貝都因人營帳何其奇妙
那是珠寶與匕首的合十
阿彌陀佛，我念佛語
他們聽不懂的

聽得懂的戀人不見
我用文字存留懷念

夢一再倦眼回眸
凌遲想忘也忘不了
妳少女微笑的過往
祝妳幸福。我在夢裡說

看不見的耶和華
哀愁圓寂的悉達多
行過荒野的穆罕默德
幾許悲涼，天地沉默
後人千年留筆的揣測
文學和經典評比如何？

手寫字是一種敬仰
一本書完成用印刷體字

他們說這是科技之必然
相信不相信可能不可能
拂曉前歇筆我還想著
怎麼入眠依然夢不去？

如若真神存在我祈求
請容許假死般深睡
空空蕩蕩的全然空白
修正液塗去不宜書寫
慍怒以及自憐自艾
沉默。美麗的靜止

藉一杯酒與咖啡
矛來盾去的奇異組合

酒助眠，醒咖啡
夜更深人未靜糾葛
文學不捨的夢寐以求
十字架耶穌都嘲笑

想念隔山數里的大海
我不忘的少年時代
荷蘭古堡，魚眼舢舨
雨後的河流出海口
百年前傳教士從北方來
教堂晨鐘我記得

記得不喧譁的沉默
那是最最美麗的時刻

初戀少女羞赧的微笑
鋼琴彈奏：給愛麗思
舞蹈輕柔：天鵝湖
沉默——最純淨的美麗

——二〇二二年十月《文訊月刊》

戀文學

古廟堂簷的雕花潮浪，入我偶而興起的久遠畫意，隨手就如刺繡的線條，筆墨落下竟然呈現水印版畫的情境，那是我久久難忘的一次再一次的美學留記，書寫思索亦是如此。

眷愛文學，多的是拜讀百年來東西方豪筆佳構，少的反而是自我寫作的卑微破缺；手記形式的堅執啟蒙來自七〇年代沈臨彬：《泰瑪手記》，詩般散文，哀愁和華麗如海洶湧，轉折處又似湖泊幽藍，他靜美召喚——你來吧。

詩：瘂弦。散文：楊牧。小說：郭松棻。大海壯闊、小湖靜美……三者引領我，必須勇健、凜然地力求攀登高峰，雲上迴望四方。風格誕生、文體確立，愚癡朦昧之我，苦思著。

高度不及，雲山何能？苦思教我：謙卑。

只有文學，毫不疑惑的猶似永恆戀人。

想像：文藝復興年代五百年前的意大利翡冷翠（徐志摩文字太濫情，但將「佛羅倫斯」轉譯為「翡冷翠」，就是絕美的完成。）我傾慕的安格爾畫作那幅汲泉的伊斯蘭少女，竟然如影隨形的時在記憶裡，且一再浮現文字中。

古老拉丁文「我愛」怎麼說？輕輕擁抱，深情接吻，情慾最真實，我誓語和文學書寫：永恆歡愛。比世俗宗教更清高、無瑕地由衷信仰；宗教不得質疑，疑者背叛，合該群眾怒叱、毆打、凌辱，送上火刑架，放逐到惡地方。詩，抽象如魔幻。小說，劇場演示。散文，最危險……因為手寫己心；公領域訪談的現場目擊，異議人士拼命返鄉、農民抗爭、拒絕環境汙染……私領域我沉定靜看人間塵埃，悲歡離合的生死糾葛，語境默然，文字吶喊！

不自閉書房，走出去，全島去旅行。

陳銘磻主持的「號角出版社」，毫不遲疑地印行我全島旅次的素樸散文：《大地之子》一九八四年一月十五日。政治遺害人民，人民傷害土地，歷史任意篡改、偽飾……請告訴我，八〇年代，美麗與哀愁交織祈求黎明的希望，如果依循從前的鄉愁、輸誠、討巧……那不如讓我隱遁吧！堅信：作家就是自己的政府。

自己的政府？問起你的定義是什麼？我沉定答以——筆是雲月，紙乃山河，文字就是人間生活的大地。文學，是我思索堅持的烏托邦，現實不存在，理想卻構築不毀的城堡。猶若初讀奚淞學長文學初集：《夸父追日》一九八〇年五月遠流版，驚豔於手刻版畫搭配神話、散文、小說，異常美質的雍容展示！卷後小說〈封神榜裡的哪吒〉一段讀之哀慟的描寫——

今天我犯下了連累父母煩心的大罪，我只有把屬於你們的肉和骨都歸還給你們，來贖我內心的自由——。

「來贖我內心的自由」？神啟般如此真切而深刻地震撼我心，不止是古代神話的小說新意，而是召喚後來者莫忘初衷的創作本能。自由，自在且自得地放懷如歌，不揣淺薄，日後我以漫畫詮釋，也是致敬奚淞學長此一秀異之小說的追隨——一九八五年漫畫版：《哪吒鬧東海》省政府教育廳印行。自由，完成了自我。

夜暗，眾人皆睡，我獨醒。作畫，書寫，這是我的領域，護持我最為真正純淨的靈魂，孤燈下，是如此的豐實，一個文學者的本質。

離開書房，走出去，陽光暖身的放懷旅行這似乎熟稔，其實陌生的島國；深山部落、漁村田野、小鎮偏鄉、離島風情……敬謹學習親炙、認識生死以之的：台灣。虔誠寫下人民、土地，更要索引歷史的流程，安心而快樂。

多雨的海岸、不是望鄉、走過豐饒的田野、寂靜的航道、撫琴人、無言歌……書的命題合之像不像生命的一帖小詩？往後很多年，我已逐老，評家時以「雕琢、刻意」誤解文意，事實落筆成篇，是直覺的寫就，風格即人格。

遙想：或許晚年得以安坐在綠鬱盎然的陽臺，靜靜抽菸、小酒、咖啡；那時還再不渝書寫嗎？誰為我種植九重葛、紫藤花、蕨草、風鈴葉……天使般猶如安格爾畫中那純淨、絕美的汲泉少女？這一生，哪個知心人伴我到最後？

我，還年輕，怎麼心早已老去了？

報社新創海外周報，狹隘卻陽光明亮的編輯室在六樓，成員六人，六六大順的祈許；剪貼、挑選早、晚報副刊文學作品是我職責必要，只想著展讀這份在南半球紐澳的華文讀者，這是珍貴的慰藉鄉愁，請安：春秋相異遙遠。

一再被查禁的政論雜誌，猶若中南美洲的游擊隊，只是我們怯懦以筆，他們莽撞用槍；謙和的言論批判相對暴烈的殺人，全然相異的文字美學，馬奎斯之壯美，他悲哀比我們深。舉世同聲稱美的名著：《百年孤寂》的確是不朽好書，作家卻直言最珍愛的是少人深思的：《獨裁者的秋天》……忠實讀者之我拜讀了。

想到小說謂為文學主流，聶魯達的好詩亦傳誦一世紀，散文竟被輕忽是：隨筆？我，不同意，許是華文世界的殊異文體，堅信日後應該足以壯闊於歷史、人民、土地的無垠延伸。

無垠延伸，試寫小說：《鮭魚的故鄉》但見自立晚報版封面，何華仁手繪高山鮭魚，虹彩般的勇健擺尾，散文專志之我，著力海外台灣人難以返鄉之苦，不就是一份致意的救贖？

祈望黎明天光的八〇年代，我愚癡書寫。

各家豪筆以台灣作題，或許祈望會實現。

島與海沉靜回望吾輩，群作用心的勤寫。

拜讀他們，激勵自我。火焰青春不計成敗，由衷初心投身的義無反顧，理想或虛妄，不去想它，臨鏡對看，火之熱，冰之冷，夢中忘了是笑或淚，相與以文學印證未來更大的可能。

辯證、探索、解謎，只為了深切尋求島國的去假還真，一六六二年鄭成功驅荷領台，一九四九年中國退守台灣……意外不用文字，竟以漫畫首繪：簡史Formosa駿馬版：《唐山渡海》。事實是留給下一代人的圖解四百年歷史。

還是自始至終，文學的深邃思考。

借問：除了文學，我的存在還有什麼？

那是我愛過的八〇年代，那是我激情美麗的年華；夜梟手筆，凜然祈求黎明臨幸台灣。是的，倦眼回眸，再續的九〇年代將會如何？終究堅信——戀文學，就是我的一生。

——二〇二三年一月《文訊月刊》

詩人，遠在北西北

一別三十六年過去了，我不免慨然地靜看車窗外拂曉時分的加拿大與美國邊境，晨間五時濛白如雪的霧茫露寒……詩人白靈熟練開著這七人座租來的休旅車，通過海關的詢問，全員下車，傲然的美國官員問說：你從溫哥華來西雅圖所為何事？我凜冽簡答：懷念一位詩人久居之地。再問：你住溫哥華嗎？我答：只是旅行來拜見另位詩人，我的老師，遷居加拿大二十五年了。官員從冷厲轉為溫柔，護照遞回說OK。

他讀詩嗎？在這北美洲北西北的兩國邊境地帶，溫哥華的瘂弦，西雅圖之楊牧，自視甚高的知悉艾略特等等西方人，怎會了解東方人的文學佳構？我漫步走出海關，晨陽乍現。

《年輪》一九七六年四季版。書中散文〈北西北〉，楊牧在西雅圖如此懷鄉的詩句——

然則，當我涉足入海
輕微的質量不滅，水位漲高
彼岸的沙灘當更濕了一截
當我繼續前行，甚至淹沒於
無人的此岸七尺以西
不知道六月的花蓮啊花蓮
是否又謠傳海嘯？

從前那野戰服少年之我，懷抱著這本精緻之書，並允為啟蒙、學習的由衷虔誠，多麼祈盼有幸運的某日，覲見、請益楊牧前輩。那冬雪冷霧的「北西北」正確的方位何處？決意在未來歲月，抵達那鮭魚誓死也要返鄉的堅執意志，文學啊，如此潔淨，何等神啟般仰望。

一九八六年夏天，初抵西雅圖華盛頓大學，圖書館副座吳燕美女士請那時在該校留學的吳潛誠帶我和同行作家黃君去看「魚梯」，但見強韌水流間，鮭魚群不懼生死的奔躍！我說：想見楊牧。燕美姊說：我來安排。……向晚時分，楊牧走入大學圖書館，尋索我們的存在，我敬謹起身，黃君意外的阻止……？錯身而過，楊牧未停歇腳步，我慌然回首，身影已遠了。是夜，請教猶如文學兄弟的黃君，回答的理由我難以苟同，僅能沉默、苦笑，意在不言中。

三十六年過去了，重返斯地，楊牧辭世了。

國境以北的溫哥華，老師，我來看您。

——你來了，文義，你來了！老師笑說。

五十年前多麼迢遙的往昔，大漢溪畔的學院教室，聆聽瘂弦老師戲劇課，課後留住我，微笑問說：你，是寫散文的林文義吧？是否也試試寫詩？我怔滯得不知所措，後悔何以未隨身帶著「眾人出版社」的瘂弦詩集《深淵》呈請老師書頁簽名留念；沒想到半世紀之後，十一個小時的晚班客機，飛越彷彿永夜的太平洋，未眠靜讀老師的回憶錄，書腰文字沉鬱亦溫情的烙印著——

我認為我們經歷的悲劇超出了人類的負荷極限，說得上是悲慘中的悲慘……我自己的文學有兩個泉源：一個是母親，一個就是故鄉。故鄉就是母親，母親就是故鄉，這兩個就是混起來的意象。

難道九一高壽的老師內在仍是永夜的憂傷蒼茫？回憶錄由他口述，辛上邪記錄，據說成書出版前，他校訂了六次；童時故鄉何其遙遠，少年戰亂流離，青春軍旅台灣，南方島嶼的異鄉竟成了另一故鄉……《創世紀》詩刊作為卷末結語，八〇年代的副刊生涯竟無接連敘述？相見時，我向老師敬謹問起，但見他深思半晌，輕音稀微地答說：是啊，應該會吧？

老師，您口述，女兒景苹記錄豈不更好？

一本《瘂弦詩集》已然是經典一生了。

這是在溫哥華首次重逢，我與他的對話。

從雜誌到副刊幾近一生的編輯生涯，猶如在回憶錄自序所言——「的確，我鼓勵別人行，鼓勵自己不行，一直上不去。」隱約的生命無奈嗎？一直上不去……內心有憾，合應是最為眷愛的文學，那時還很年輕的卓越詩人竟然再也不再寫詩了。僅有、唯一的一本詩集，究竟何因讓他絕筆斷念？我，不敢貿然再追問。

答案反倒明白地顯現在洪範版新書：《瘂弦書簡》相應：《楊牧書簡》的彼此呼應之間，不隱晦的相互交心，瘂弦一再激勵前之葉珊，後為楊牧創作，楊牧回覆更多的是編輯及出版的意見，跨越過萬里之遙的太平洋，兩顆詩人如兄弟般感情、理念毫無距離地相知疼惜。

第二次歡聚在投宿所在，一株數百年巨樹下，我們野餐、烤肉，髮如雪的詩人九十一歲生日，不談文學、編輯往事，盡是歡笑快意。女兒景苹近以筆名「鹿苹」在台灣印刻文學出版小說新書《甜麵包島》，七月二十二日在台北發表會與朱天心對談，方剛回返，風塵僕僕的掛念詩人父親老來的生活安頓，孝思感心。我翻開二〇〇六年聯經版的《弦外之音》，這本由詩人顏艾琳主編，丰采別緻的包涵著瘂弦詩稿、朗誦音碟、手跡、歲月留影；其中有詩人抱著周歲嬰兒的慈愛相片，正是初生的景苹，我請她簽字留念。

——好久，我們沒通電話了。他說。

是啊，子夜三時，時在大直舊居撥越洋電話去溫哥華，老師從萬里之外，音色朗快地勉勵我，六十過後還年輕，放懷創作，文學、繪畫都好！幾年來，重複地提起已然辭世的青春摯友，筆名：雪桑，本名：施明正，老師語氣微微感傷地說起他們在高雄時而歡聚的從前。

——雪桑，帥氣，有情。老師一再形容。

生日快樂啊！瘂弦老師。壽宴群友祝賀。

我們真的再次通了電話，溫哥華機場，我要搭乘子夜二時晚班客機回台，手機附耳，老師語音平靜的和我說了十五分鐘，盡是勉勵，如同八〇年代時以書信期許我，堅執創作。

起飛了，老師再見。詩人，遠在北西北。

——二〇二三年十月十六日《聯合副刊》

哪吒鬧東海 ・1984

YI 1984

中國古代商朝，
有個君主叫紂王。

他寵
信一個名叫妲己
的美女，不理朝政。

許多忠心的
臣子好言相
勸，沈迷女色的
紂王都不聽。

甚至於使
用很殘忍的刑法把
這些人都處死。

弄得天怒人怨，民不聊生。

各地諸侯也起來對抗紂王。

戰爭打了好多年。

紂王依舊沈迷女色，不思振作。

靠近中國東海
的地方，有一個城邦
名叫：陳塘關。
1

陳塘關的總兵
名叫李靖。
2

他在年輕時，
曾經學過法術。
3

李靖很煩惱
。因為他的妻子懷孕了，
懷了三年，孩子還生不下來。
4

有個晚上，李靖在書房中看書。
1

老爺，夫人要生產了！
真有這樣的事？
2

老爺，您不能進來啊！
3

怎麼回事？
不好了呀！
4

夫人生下了一個妖物。
好！我進去看看。
1

這個肉球還會動呢。
2

讓我除掉這個妖物。
3

4

肉球內竟是一個可愛的娃娃。
1

李靖將這個男孩取名叫：哪吒。
2

哪吒是個活潑的小男孩。
3

夫人，不好了！小少爺跑到屋頂上去了。
4

小少爺！快下來呀！屋頂危險！
不要！

讓我上去把他抱下來。

哎呀！我的梯子！
休想抓得到我。

有一個夏天，哪吒來到了陳塘關外的九灣河畔。
哈！好清澈的河水啊！好！下去玩。

這件紅圍兜也要洗一洗。

真好玩。

浪呀！愈大愈好。

哈哈！好大的魚。

哪吒把浪揚得很高，震驚了東海龍宮。

是不是地震了？

巡海夜叉，你上去看看。
是！

去看看誰在搗蛋。

好像有什麼東西來了？

先把圍兜穿起來，再看看。
一個小孩？

你是什麼妖怪？
他居然不會害怕？

欺負一個小孩，不感到可恥嗎？
小鬼！可惡！

好狡滑的小鬼。
1

2

活該。
3

好好一個下午都被那個妖怪弄壞了。
4

回家去吧。

?
小鬼！你別走。

小鬼好大胆！敢殺死我們的巡海夜叉。
你到底是誰？

我是東海龍王敖光的三太子敖丙，你是誰？

你小爺是陳塘關李靖的兒子哪吒！

哪吒！你好放肆！
大人打小孩，你不要臉！

哇！

痛死了！
2

变為原形。
3

4

哪吒！我要吃掉你。
我才要抽你的龍筋呢。

看我的金環打你！

哎呀！

救命！救命呀！

我要抽你的龍筋。
請饒了我吧。

拿回去給父親當腰帶。
救命呀！

什麼？我的兒子被哪吒殺死了？

李靖！我要向你討回公道！

ㄌㄨㄥ
怎麼天昏地暗，又閃電打雷了？

大人，有位東海來的敖先生求見。
敖先生？請他進來。

李靖！你兒子幹的好事！認得我嗎？

原來是龍王爺，歡迎。

怎麼回事？
不必客套，把你的兒子交出來！

哪吒？不可能呀！
哪吒殺死了我的兒子！

遵命！
去找小少爺來。

敖伯伯，這是您公子的龍筋。

是他們先欺負我的，我總要抵抗。
承認了吧？

唉…。
我要去見玉帝，要他來裁決此事。

兒子，你犯下滔天大罪了。
1

他們来了。
2

求求你們饒了他吧。
旨
李靖接天旨！你知罪嗎？
3

你若包庇哪吒，你就與他同罪！

哪吒！好男兒就認罪吧！

你們不能帶走我的兒子呀！
娘，算了吧。

好漢做事好漢當！別為難我爹娘。

爹！娘！孩兒對不起你們。

孩兒削肉還母，剮骨還父……。

從此……血緣斷絕！
我兒呀！

哪吒的幽魂飄在山野間。

?
哪吒，不要傷心。

我是你前世的師父太乙真人。
你是誰？

我讓你藉著蓮花化身，再生為人吧。

哪吒！你進來吧。
1

2

我要出來啦！
3

我又活過來了！
4

太乙真人教
哪吒許多法
術。

師父，我
想報仇。
千萬使不得
，你將
來有任
務在身。

但是哪吒
忍不下這口
氣，有一天
他離開了。

東海龍王
！出來！

哪吒？不是死了嗎？

殺進來了。

把龍宮拆掉！

太過份了！現出原形和你拚了！

哪吒！來吧！

1

2

我受傷了，
饒了我吧。
3

饒你？沒那麼容易。

徒兒，千萬不能亂來！

師父知道你很委屈，但能饒人處且饒人啊！

龍王也死了兒子，他不是也有許多的委屈嗎？

就讓這個錯誤到此為止吧。

我聽父親說過，紂王是個昏君。
我們去幫忙西岐的姬昌討伐紂王吧。

哪吒果然在征討紂王的戰爭裏，貢獻很大，成為「封神榜」中的小英雄。（完）
紂

後記：交換兩本書

遙憶文學初習歲月，相識早年至今依然頻繁聯繫的，王定國與陳銘磻。擅長之，前是小說，後為報導文學；上列我深諳難及兩位高度，認知文字美學，散文，多少得以符己標準。

遷居桃園，手記新家南崁。早我八年的「脫北者」銘磻兄告之，報導文學幾近半世紀，思索如你，就以散文形式但非世俗回憶錄的自我標榜、多的是虛假掩飾，少的是真情懺思，言啟筆試寫：《我的少爺時代》，《南崁手記》完成了，何不以文學燦爛如夜空焰火，你我青春正盛的前世八〇年代作題寫一本書？

夜未眠長年之我，擾人電話撥給銘磻兄。意外的，不談敗壞政治、不說生活日常，抽離寫作者角色，竟然以昔時職場編輯人觀點，嚴苛地在聽讀彼此循字誦念的過程，有了相異的辯證；否定、認同、質疑……實是深切祈許。

虔誠的文學一生，自信，不曾是虛飾偽善，他的報導、我的散文，正是：我手寫我心。

隨他「少爺」之後，我動筆「八〇年代」；夜話兩個男人在電話中相互評比方剛竟筆散文——重複前書不好，追悔遺憾毫無意義，借問，你惜情，幾人在乎？個安天涯自在就是。彼此敬謹的分享、應對，無須寬容的，彷彿回到前世紀，他的出版社，我的晚報副刊，編輯專業的冷靜索引。因此，交換兩本前後散文創作的真摯之書，亦是紀念最美麗也是糾葛的八〇年代青春時，愚癡、矇昧的文學時代。

篇外：第一帖〈離字的從前〉所言，回想漫畫藉以謀生的勤奮，遂以代表作《哪吒鬧東海》印證。新一代好筆，姜泰宇清新、自在的呈現彼此真性情的茶話，俐落表白我難以告解、現實無措，理想似乎猶存，逐日待月的倦然。

長年就是林俊頴忠實讀者之我，蒙受此書惠序，由衷致謝；老友吳鳴評析前書《南崁手記》深刻、雋永，卻是最溫暖、真摯的情誼。

【評述】

《南崁手記》的內在理路與儀式感

吳鳴

二〇二一年六月十七日，六十八歲的林文義告別從小生活的台北，遷居桃園南崁，開啟晚年新生活，於是有了《南崁手記》這本書。

說《南崁手記》這本書在語意上並不精確，實際上是這本書的後半卷，前半卷則是散文創作；意即前半卷屬散文集，後半卷為南崁手記；而這兩種文體是林文義寫作五十年最擅寫的文學體式，雖然作者另有小說與詩集出版，以及早年的六冊漫畫。就創作而言，青年林文義以散文和漫畫初試啼聲，壯歲馳騁小說與現代詩；唯其一生都是散文。

《南崁手記》書分兩卷，卷一「歛羽不飛行」為一般習見之散文，主題多為旅行與生活，其中貫穿的中軸線則是懷人；卷二「南崁手記」接近沒有明確日期標示的日記體，源於紀伯倫《先知》、紀德《地糧》，此類手記體在台灣多有步武者，其較著者如沈臨彬《泰瑪手記》、渡也《歷山手記》；沈臨彬《泰瑪手記》尤為少年林文義所欽慕。在《南崁手記》之前，林文義亦曾出版過手記體作品，如一九九二年的《漂鳥備忘錄》，二〇〇二的《時間歸零》，均為手記體，這半卷《南崁手記》可視為林文義手記體之延續。

長達半世紀的文學創作，林文義服膺生活就是文學的理念，因而其書寫往往與生命歷程連結。散文作家往往有此類現象，因為寫的是身邊瑣事，日常之所思所想，故爾最能體現作者的生命樣態。青年林文義以散文和漫畫崛起，漫畫師從牛哥（李費蒙），曾出版漫畫集六冊，其後棄畫專注散文創作，以私密浪漫書寫為基調。壯歲之年，作者投身政治運動，非僅充滿革命的浪漫情懷，且身體力行。此時期作者分別任職報社，前期在政治經濟研究室，後期擔任副刊主編，非僅本身是文學創作者，且為創作者服務。林文義曾投身政治，曾擔任立法委員施明德國會辦公室主任。這些經驗使作者跳脫純散文書寫，邁向小說（包括短篇小說與長篇小說）和現代詩；現代詩創作沿續其散文調性，並開擴視野，關懷台灣這片土地的政經、社會與人文。小說尤多涉政治，以親身經驗為寫作之資。除了開拓小說與現代詩文類之書寫，林文義這段期間亦成為電視時事評論員，即今日之所謂名嘴。其後林文義覺得名嘴生涯無益社會正向發展，乃毅然歸隱，返回文學創作。在這段期間，林文義出版了短篇小說集《鮭魚的故鄉》、《革命家的夜間生活》、長篇小說《北風之南》、《藍眼睛》、《流旅》等，成果豐碩。而這些小說大部分攸關其涉足政治，故爾親身參與政治導引了林文義小說創作的新體裁，並且拓展不同的主題向度。在此同時，林文義亦探問現代詩，出版詩集《旅人與戀人》、《顏色的抵抗》。

林文義的散文雖非輕薄短小，大抵剪裁適中，少數靠向長篇記事者為《遺事八帖》，以長篇散文結構，向母土台灣致意，是林文義散文關切斯土斯民的歷史思索，結構謹嚴，敘事壯碩。除此之外，林文義的散文創作仍以生活敘事為主，環繞著旅行風景、人世情懷與感情世界。

小說家宋澤萊在〈繼龍瑛宗之後又一哀美派自然主義的大將〉（《台灣新文學》春季號，一九九七年四月）將林文義的散文創作分為三期：浪漫遐思期

（一九七二～一九七七）；靜觀自省期（一九八〇～一九八九）；傳記與報導期（一九九〇～一九九四）；略事休息再起步期（一九九五～）；此一分期大抵為林文義所首肯，認為初期寫作多吟風弄月而少社會關懷；靜觀自省期旅行和現實政治進入書寫版圖，人民、土地成為此後的散文主題；宋澤萊稱的第三期傳記與報導期，林文義則認為自己因副刊編務繁忙，散文書寫回歸婉約的懷人寫景；一九九六年以後因受《聯合文學》主編初安民鼓舞，重新拾回昔日熱情，逐漸回到內心的深邃挖掘，是自我的另一次散文再出發。而在此期間，林文義另一隻手揮舞小說創作，以及書寫手記《時間歸零》，有別於前一本手記《漂鳥備忘錄》的青春之歌，而近乎懺悔錄，用作者的話來說，即是「歲月沉沙，身心蒙塵」。

《南崁手記》所錄散文與手記，大抵承續前述上世紀末與新世紀初之書寫風格，散文部分以旅行、懷人、省思為主體，手記內容亦承此調性，書寫型式體裁容或有別，內在理路則一，旅行、懷人、省思可謂是貫穿卷一「斂羽不飛行」與卷二「南崁手記」的主軸，或分而述之，或三位一體，彼此融合，從心所欲，意到筆隨。外在形式雖有別，內涵則如江河湯湯，一路向前流動。雖云旅行、懷人、省思三位一體，然縱觀全書，懷人尤為本書之中軸線。

卷二「南崁手記」始於初遷南崁的二〇二一年六月十七日，止於二〇二一年十二月十八日摯友畫家何華仁遠行，前後記事約半年。想係林文義因摯友去世而過度感傷，無以為繼。手記無日月，我在何華仁友人追憶文字中尋得其遠行之相關記事，而判讀林文義「南崁手記」止於二〇二一年十二月十八日。「南崁手記」因何華仁遠行而戛然停筆；卷一「歛羽不飛行」各篇雖多寄託旅行，實則懷人。幽靜書寫背後蘊涵如火熱情，華美文字隱藏著深沉的哀慟。

林文義是台灣習稱之四年級前段班，我屬四年級後段班，概稱之曰四年級；兩人先後任職藝文媒體，從事書寫年代多有重疊，卷一「歛羽不飛行」各篇所記友人，除少數幾位之外，大都相識，雖各自交誼或有淺深，共同友人層層疊疊；因而讀「歛羽不飛行」各篇時多有歎慨；李叔同歌〈握別〉：「天之涯，地之角，知交半零落。」作者書中的感傷，我幾近乎完全可以體會。書中各篇提及之遠行友人，每一個名字都是生命的印記。杜甫《贈衛八處士》：

「人生不相見，動如參與商。今夕復何夕，共此燈燭光。少壯能幾時，鬢髮各已蒼。訪舊半為鬼，驚呼熱中腸。」不論從心所欲而不逾矩的作者，或耳順之年的評者，「訪舊半為鬼」殆已是生活日常。每一個遠行的友人，都帶走我們回憶的一部分，有一天我們也會帶走別人回憶的一部分。

林文義是七十歲以下少數維持手寫的作家，因不用電腦敲打，林文義書寫的文字，無論散文、小說或現代詩，恆常有一貫的調性，這是一個值得觀察的書寫現象。另一位手寫作家是小說家王定國，與林文義是至交好友，王定國的小說手稿常見剪剪貼貼，重新排列組合，文字則維持其一貫靜謐幽微的調性，林文義的文字亦宛然如是，不知是否肇因於手寫稿之故。

《南崁手記》是林文義二〇二一年六月十七日遷居南崁後的新作，告別台北，迎向南崁的新生活。在書寫形式上，卷一「歛羽不飛行」各篇中段都崁入一段現代詩，大部分為作者林文義所寫，少數引他人之詩，唯僅得一、二篇；卷二「南崁手記」亦出現此類穿插，或可視為林文義此書的一種儀式感。故爾文體外在形式雖有別，卷一「歛羽不飛行」為散文體，卷二「南崁手記」屬手記體，唯作者運用文中有詩的儀式感，將兩者合而為一，使全書殊無違和，具見作者巧思之所在。

——二〇二三年一月《文訊月刊》

【專訪】

並非餘暉，流離之後的回眸

——林文義與全新安身之處的《南崁手記》

姜泰宇

最後，「朝霧掩映，逝水蒼茫」的詞語留在這本林文義戲稱，可能會是最後一本書的血液裡。但所有人心裡都明白，這絕不會是他最後一本書。或者這麼說，林文義永遠在尋找自己的最後一本書，那可能會在朝霧中顯露出迷茫的身影，有著微弱的火光以及刺鼻的燃燒氣味——如同這本《南崁手記》，林文義笑著說，本來準備了三十六篇散文，最後刪刪減減，捨棄了十六篇。

而這十六篇手稿，一字一句在稿紙上謄寫出的文字，在南崁家中的陽臺，就著體積夠大的菸灰缸，燃燒起來。如同自己這半生轟轟烈烈又精采的火焰，在夜色中驚動了社區的鄰居與保全，卻撫平了某些台北遺緒。

南崁，是我的小京都

因為芥川龍之介與三島由紀夫的文學啟蒙，對於阿義老師而言，美學在日本是保存最完好的。出於對「美」的追求，初出茅廬渴望自己成為漫畫家，線條勾勒之間的美感與傳達的故事，恰恰是一生追求。

「但這個夢醒了。」他說。

仰望早年知名漫畫家牛哥（本名李費蒙，一九二五～一九九七）並追隨其後學習漫畫，之後卻以散文出道，在副刊以文筆清美著名，對於阿義老師而言，圖畫式的思考，也在這時期打下了基礎。

「他們都說，林文義，你的文字好美喔，但是你不介意世俗描寫。」

阿義老師自嘲說著，眼睛沒有焦距地望著前方。

在台北度過大半生，從幼時的大稻埕至壯年後的大直，在盆地內燠熱又快速的火盆中文火慢煮，對林文義而言，此時的南崁，是個新的世界。如同早已地下化的列車，一切停留在記憶最深處，幼時對母親的記憶與後來在媒體上活躍的自己，最終還是直抵桃園。

「那一天我帶著九十五歲的老母親搬到這邊，待到晚上，母親問我，出來玩這麼久，怎麼還不回家？我跟她說，媽，我們不走了，這裡就是我們的家。」

走出書房，然後成為一個人

「這是很有趣的事。」阿義老師說道：「從五月到現在，我超過半年沒有寫作了。我發覺在這裡，我每天讀書，在書房收藏我的書。這段時間以來，是我讀最多書的時候，以前快速讀過的，現在重新在手掌攤開另有一種風味。」

這些都發生在這南崁溪畔的新家，坐在書房的位置上，阿義老師虔誠尋美，將腦中諸多思緒化作最美的文字。但真正在這裡走出書房，沿著竹夢橋前行，那才是真正變成一個人。他說，不知道這座橋在命名時有否參考日本詩人「竹久夢二」的名字，但這種大正時代的美，讓自己在桃園南崁的步調輕盈了，放鬆了。隨時可以說走就走的環境，確實更加沉穩，更加自在。

「這是一種老去的心情，一顆老靈魂訂下了自己的標準，就像是悔過書。」借用村上春樹名言：「沒有完美的文章，當然也沒有完美的絕望。」

真正搬到桃園這個陌生的環境，主要是因為自己的兒女在這裡，覺得有人照應。自己多年的好友陳銘磻也於十年前搬至桃園，身處何地突然不再重要，而是這地上的人。不管到哪裡，「我手寫我心」始終是阿義老師無法忘懷的感動和允諾。

緊急煞車掉落的錢，不是一種否定

私下被我暱稱阿義哥的林文義，雖然以散文名見於世，但私底下的他，是個極為厲害的說故事高手。回顧過往人生，自稱像極了退潮，但實際上留下的精采讓人讚嘆。早期從雜誌編輯、副刊主編，直至跨入電視媒體擔任名嘴、主持人，在所有環境都風生水起悠遊自在的他，回顧起快速又緊繃的電視媒體生涯，也是發自內心的感嘆。

「那時候當名嘴趕通告，接到電話，要我追加一個節目。我緊急煞車，車上的紙袋從副駕駛座掉下來，滿滿一疊現金。」

為了謀生。阿義老師感嘆。

那時候誰不是那樣呢？作家的稿費幾十年都沒有變化，為了餬口，自己也是硬著頭皮過了好些年。阿義老師笑著，一個從大稻埕太平國小畢業的小鬼頭，怎麼也沒想到有一天變成了散文作家，然後變成了名嘴。及至後來心灰意冷退出媒體圈，專注在寫作上，後來的事，大家都知道了。

《遺事八帖》得到了台灣文學金典獎，也在隨後風光拿下吳三連文學獎的殊榮。此時的林文義，終究還是那個一個字一個字手寫下來，進入了文學，用文學的純粹去感動讀者的那個林文義。那個在文學路上不斷前進，不想重複自己便燒掉珍貴手稿的那個林文義。那個跨過了媒體名嘴之後，還能瀟灑回歸文壇的林文義⋯⋯。

《南崁手記》當中，前半部是抵達南崁溪畔前的回顧，阿義老師說起自己那個在副刊寫作等待刊登的年代，「我很開心擁有這一些，跟這麼多作家一起走過那段時光，我做得最好的事情就是寫作，那麼，我就這樣繼續寫，一直寫。」

沒有眼角泛淚，沒有過度渲染的口氣。阿義老師說著這樣的話，雙手握著輕微摩擦，就如同每日午後的散步一樣，走過那個輝煌的時代，也對開創新時代的年輕作家朋友給予鼓勵。我笑著，與阿義老師談起前次在高鐵車廂，我看著書，越過走道問著阿義老師關於作者的文筆，聽著阿義老師在高鐵迅速前行的步調裡緩緩說著當年的事，找出手機裡珍藏的照片。

時速三百公里前行的車，我與阿義哥緩緩後退，在悠遠的記憶裡頭輕聲細語聊著這個厲害的小說家王定國，時代忽然往後，但又確實朝前。我們倆靜止在這世界的某一刻，如同這次的採訪，阿義哥緩緩說著，我微笑喝著茶聽著。只有這個時候的阿義哥，沒有試圖在文字中隱藏自己，而是以一個透明的姿態，溫暖地也輕柔地漫步。

替台灣留下一本書

「這個世界非常混亂，我要用美麗去對抗。」

阿義哥說著，他是如何以一個詩人的心情寫下散文。撫摸著《南崁手記》新書的封面上，復興航空的模型飛機照片。

林文義說，很多人注意到這個封面，因為復興航空已經沒有了。但我留下了這個模型，放在書的封面上。有些東西會結束，在台北的生活結束，名嘴的生活結束，但有一些是不會結束的。

「泰宇，替我寫下來。」阿義哥突然嚴肅地說著：「倦鳥回歸桃花源，就是目前的我。我可能還會繼續在陽臺燒掉我不要的手稿，但我還是會寫下去，我想要替台灣留下一本書，就留下一本書。」

散文如此美麗的林文義，繞行千里，來到南崁溪畔。我口中的阿義哥，這個年紀與我父親相仿的阿義哥，每回見到我就像看見多年老友重聚的阿義哥，在心底深處，放置著這樣的理念。就算世界繼續以超過三百公里的時速前進，我也能在某一個瞬間，探頭過去，聽著阿義哥緩緩追憶，緩緩說著一切。緩緩，卻又虔誠。

——二〇二三年一月《文訊月刊》

林文義創作年表

二〇〇〇年，三月，聯合文學印行《手記描寫一種情色》。埋首十個短篇小說創作。五月，應楊盛先生之邀主持旅行、歷史電視節目「台灣之旅」，霹靂電視臺播映。七月，九歌出版社印行一九八〇～一九九〇年散文精選集《蕭索與華麗》。七月三十一日，《北風之南》小說開始在《自由時報》副刊連載，至十一月二十八日刊完。美國《公論報》隨後刊登。

二〇〇一年，五月，聯合文學印行短篇小說集《革命家的夜間生活》。七月，應東森聯播網（ETFM）之邀，主持廣播節目「新聞隨身聽」。九月《從淡水河出發》華文網重排出版。

二〇〇二年，一月，寶瓶文化印行旅行散文集《北緯23.5度》。六月，聯合文學印行長篇小說《北風之南》。六、七月，長篇小說《藍眼睛》開始在《中央日報》副刊、美國《世界日報》小說版連載。八月，《革命家的夜間生活》獲金鼎獎文學類優良圖書推薦獎。九月，《多雨的海岸》華成文化重排出版。

二〇〇三年，二月，印刻文學印行長篇小說《藍眼睛》。應小說家汪笨湖之邀，與歌手黃妃主持年代電視MUCH臺「台灣鐵支路」。四月，九歌出版社印行《茱麗葉的指環》。七月書寫長篇小說《流旅》，十一月十一日完稿，計七萬字。

二〇〇四年埋首於十七個短篇小說，亦撰散文。十月，應小說家東年之邀，為其主舵之《歷史月刊》重拾遠疏十七年漫畫之筆，編繪《逆風之島》。

二〇〇五年，二月，漫畫《逆風之島》逐期連載於《歷史月刊》。印刻文學印行二〇〇二～二〇〇三手記集《時間歸零》，水瓶鯨魚封面、內頁插畫。《流旅》小說，美國《世界日報》連載、《中央日報》摘刊。四月，日本京都回來，開始情詩系列書寫。七月，印刻文學印行長篇小說《流旅》。

二〇〇六年，五月，印刻文學印行《幸福在他方》。

二〇〇七年，應九歌出版社之邀，主編《九十六年散文選》。十月，博客來網路書店印行短篇小說集《妳的威尼斯》。爾雅出版社印行詩集《旅人與戀人》。

二〇〇八年，五月，為歌手賴佩霞專輯《愛的嘉年華》（福茂唱片）撰歌詞：

〈詠嘆．櫻花雨〉。十二月，應詩人白靈邀約，首次參與在中國黃山舉行之「兩岸詩會」。與老友李昂、劉克襄受信義房屋委託，合著《上好一村》天下文化印行。

二〇〇九年，二月，聯合文學印行《迷走尋路》。人間福報副刊專欄「靜謐生活」。五月，中華副刊專欄「邊境之書」。十月，應小說家履彊之邀，擔任內政部營建署「國家公園文學之旅」影集外景主持人。

二〇一〇年，一月，聯合文學印行《邊境之書》。十一月，爾雅出版社印行《歡愛》。允為文學四十年紀念雙集。

二〇一一年，五月，參與國立台灣文學館「百年小說研討會」。六月，聯合文學印行《遺事八帖》。

二〇一二年，七月，東村出版重印短篇小說集《鮭魚的故鄉》。十一月，《遺事八帖》獲台灣文學獎圖書類散文金典獎。

二〇一三年，一月，參與吳米森導演的《很久沒有敬我了妳》電影演出。五月，獲中國文藝協會散文獎章。七月，聯合文學印行詩集《顏色的抵抗》。《遺事八帖》簡體字版由北京長安出版社在大陸印行。

二〇一四年，一月，聯合文學印行手記集《歲時紀》搭配詩人李進文攝影。四月，《四十年半人馬》散文選簡體字版由成都四川人民出版社在大陸印行。十月，參與吳米森導演《起來》電影演出。十一月，獲第三十七屆吳三連獎散文類文學獎。

二〇一五年，一月，聯經出版公司印行台灣歷史漫畫集《逆風之島》。二月，九歌出版社印行一九八〇～二〇一〇散文自選集《三十年半人馬》，詩人席慕蓉封面配圖。應邀擔任宜蘭駐縣作家。七月，有鹿文化印行《最美的是霧》搭配曾郁雯攝影。十月，《木刻猴子》散文選簡體字版由杭州浙江文藝出版社在大陸印行。十二月，宜蘭文化局印行《宜蘭寫真》搭配曾郁雯攝影。

二〇一六年，四月，赴日本東京參與吳米森導演之公視文學紀錄片《再見原鄉》訪談。六月，聯合文學印行《夜梟》搭配何華仁版畫。

二〇一八年，二月，爾雅出版社印行《二〇一七／林文義——私語錄》日記書。三月，列名《鹽分地帶文學》雙月刊評選：「一九九七——二〇一七當代台灣十大散文家」。五月，聯合文學印行《酒的遠方》。

二〇一九年，八月，《酒的遠方》獲金鼎獎優良圖書推薦獎。十月，時報文化印行微小品《掌中集》。

二〇二〇年，三月，聯合文學印行《墨水隱身》，自繪封面、內頁插圖。

二〇二一年，五月，時報文化印行《秋天的約定》。

二〇二二年，九月，聯合文學印行《南崁手記》。十一月，時報文化印行《漫畫阿Q正傳》搭配魯迅小說原著。

二〇二四年，一月，幼獅文化新編印行《漫畫西遊記》。六月時報文化印行《特洛伊留言》。十一月，聯合文學印行《我愛過的八〇年代》，卷後附錄一九八五年：〈哪吒鬧東海〉漫畫。

聯合文叢 760

我愛過的八〇年代

作　　者／林文義
發 行 人／張寶琴

總 編 輯／周昭翡
主　　編／蕭仁豪
資深編輯／林劭璜
編　　輯／劉倍佐
資深美編／戴榮芝
業務部總經理／李文吉
發行助理／詹益炫
財 務 部／趙玉瑩　韋秀英
人事行政組／李懷瑩
版權管理／蕭仁豪

法律顧問／理律法律事務所
陳長文律師、蔣大中律師

出 版 者／聯合文學出版社股份有限公司
地　　址／(110)臺北市基隆路一段 178 號 10 樓
電　　話／(02)27666759 轉 5107
傳　　真／(02)27567914
郵撥帳號／ 17623526 聯合文學出版社股份有限公司
登 記 證／行政院新聞局局版臺業字第 6109 號
網　　址／http://unitas.udngroup.com.tw
E-mail:unitas@udngroup.com.tw

印 刷 廠／約書亞創藝有限公司
總 經 銷／聯合發行股份有限公司
地　　址／(231)新北市新店區寶橋路235巷6弄6號2樓
電　　話／(02)29178022

版權所有・翻版必究

出版日期／ 2024 年 11 月　初版
定　　價／ 360 元

Copyright © 2024 by LIN,WEN-YI
Published by Unitas Publishing Co., Ltd.
All Rights Reserved
Printed in Taiwan

ISBN 978-986-323-642-9（平裝）

《本書如有缺頁、破損、裝幀錯誤、請寄回調換》

國家圖書館出版品預行編目資料

我愛過的八〇年代 / 林文義著 . -- 初版 . --
臺北市 : 聯合文學出版社股份有限公司 , 2024.11
228 面 ; 14.8×21 公分 . -- （聯合文叢 ; 760）

ISBN 978-986-323-642-9 (平裝)

863.55 113015986